MW01243843

Cruzada de Amor

Juan Rodríguez

CRUZADA DE AMOR
JUAN RODRÍGUEZ

Editor: Diez Veces Más Group
diezvecesmas@gmail.com
Diseño de Portada: Diez Veces Más Group

Corrección de estilo: La Pluma Correciones
laplumac@gmail.com

ISBN: 9798844198281
República Dominicana

CONTENIDO

Capítulo 1	7
Capítulo 2	19
Capítulo 3	33
Capítulo 4	47
Capítulo 5	61
Capítulo 6	75
Capítulo 7	87
Capítulo 8	97
Bibliografía	103

Capítulo
- I -

Una tenue luz se deslizaba por el pasillo del corredor, daba a la mesa de noche, el despertador sonaba a la hora habitual, sin receso de parar. Un silencio envolvía la soledad de la habitación que conjugaba el empañamiento de un espejo en contraluz. Sobre la cama el cuerpo inerte de una joven mulata que con su sangre dibujó sobre las sábanas blancas un corazón... Principio y final de ésta historia de amor y dolor.

Semanas antes, esta joven ejercía su vida con normalidad, levantarse a la hora habitual, bañarse de prisa, tomar el almuerzo preparado del día anterior y dirigirse a su trabajo. Se desempeñaba como servicio al cliente de un prestigioso banco de nuestra ciudad. Ese día para ella entre las teclas, el cotidiano ir y venir de las personas, copias y entregas de tarjetas, personas reclamando y excusas forzadas... se desarrollaba un día rutinario. Un elegante caballero con voz varonil y sutil en sus encantos, al pronunciar buenos días y tomar un número para ser atendido, atrae la vista de la muchacha quien para disimular pone su vista en el monitor del computador.

Al llegar el turno del caballero, ella se levanta después de un cordial saludo, indicando que la espere, regresará en un segundo... Sobre sus pasos acelerados camina hacia el tocador para refrescarse el maquillaje y acicalarse el cabello, respirar profundo frente al espejo y decirse para sí misma ¡Wao! que rico huele, tiene un hermoso rostro. De inmediato se incorpora, a lo que da las gracias por su espera y le hace la pregunta rutinaria: ¿En qué le puedo ayudar Señor? Mientras que su pensamiento repite como usted me podría ayudar, ¡Wao! que hermosa barba ¡uff!

El hombre le explica detalladamente que vino a realizar una transacción de una cuenta personal y le fue bloqueado el pin de la tarjeta... La joven le pide su cédula y observa su nombre: Dreylin Mercado... tantos años, nacionalidad tal, etc... Y todo lo que se podía averiguar. De inmediato, al suministrar el número de cédula a su computador le aparece un estado de cuenta perfecto, mejor no podría estar, con distintas cuentas a su nombre y muy buen manejo de efectivo. Al estar frente al ordenador, mira de reojo que tiene un papel en la mano y una hoja donde dibuja o escribe algo. Lo mira de arriba abajo y analiza en su subconsciente los más mínimos detalles de este insondable y atractivo hombre...Pareciera una radiografía policíaca... mayor de 30 años, cabello negro, color de piel blanca, ojos negros, boca perfecta, pecho erguido, brazos fuertes, estatura de 5'7, o ,6'1.

Desde la pantalla del computador una ventana se abre dando la información que todo está correcto, mientras ella piensa: "¿Por qué no es solo a él al que tengo que atender?". Toma el lector de tarjeta y le pide que coloque su nueva clave de cuatro dígitos, debe hacer el proceso dos veces y presionar la tecla Enter. Al mirar su delicada mano con manicura reciente, siente como algo se mueve por dentro de su ser ¡uff qué maravilla!... ¡Es todo Señor, gracias! le entrega la tarjeta y sus documentos con delicada cordialidad, él se levanta, le sonríe y le extiende el papel que sostenía en sus manos...

Gracias por tu ágil servicio, se da la vuelta y se retira del banco.

Ella queda con el papel doblado entre sus manos mientras lo ve salir por la puerta de vidrio, antes de hacer el llamado a la próxima persona abre el papel y ve un corazón dibujado con su nombre y debajo un número de teléfono, más una nota de pie que decía: "Sus ojos son maravillosos, dichoso "aquel" que tiene el privilegio de verlos cada mañana".

La joven acelera un sin número de preguntas que agolpan su cerebro y de repente una de éstas pasa como estrella fugaz y la atrapa en su conciencia ¿En qué momento escribió esto? y se responde: ¿Al estar sentado ahí, antes de venir, cuando fui al tocador o mientras estaba parado frente a mí?

Fue descartando una a una hasta quedarse con dos respuestas. La primera fue cuando estaba sentado y la segunda antes de entrar al banco. El papel aún conservaba el olor de su perfume, sus letras eran preciosas, su corazón dibujado era de un artista o así ella lo percibía.

Siguió trabajando con naturalidad mientras que el rostro de Dreylin no se borraba de su mente, llegó la hora de salir del trabajo y después de contarle a su amiga Elizabeth lo sucedido y preguntarle si lo llamaba, no llegaron a ninguna conclusión. El reloj marcó la hora de regresar a su casa.

La noche arribó a la oscuridad, con el papel en sus manos y el celular en espera, después de varios intentos de llamar y colgar antes de que suene, se dijo así misma: "No llamaré, debe hacérselo a todas las que conoce, ese hombre debe estar rodeado de mujeres siempre". Se tomó un baño frío, se fue a la cama sin cenar, entre la almohada fría y sábanas desoladas quiso rendirse en los brazos de Morfeo pero no consiguió conciliar el sueño. Alrededor de las 2 o 3 de la mañana, se asomó a la ventana y tomó el celular con intención de ver sí sonaba. Al marcar, una voz escuchó: "Deje su mensaje después del tono", asustada cerró y trató de dormir hasta volver a su habitual vida.

El reloj marcó el tiempo de volver al trabajo y todo se desenvolvió en su rutinario día. El reloj marcaba las 11:30 a.m. y un timbre de su extensión marcaba las letras que continuarían la canción de su vida... después de un cordial saludo, escucho una voz que le removió el corazón.

-Hola, ¿Cómo amaneció usted hoy?
-Bien, (titubeando, contestó)
- Le agradó el papel que le dejé ayer
-Sí, me sorprendí por su forma tan linda de dibujar
-Pero, no fue suficiente para alentarla a que me llamara, tuve que ingeniármela para conseguir su extensión.
...(Ella pensó) ¡Oh! Sí, cómo habría conseguido mi extensión, pensé que se la había dado pero, la verdad que no.
-Bueno, no es la primera persona que deja su número de teléfono aunque tengo que reconocer que nadie me había dejado un corazón pintado.
-Supongo que no, es usted una mujer muy hermosa. (Se sonrojó y sonrió con modestia)
-Me atreví a llamarla para invitarla a comer al mediodía, ya que estoy cerca de su lugar de trabajo.
-Mmm y ¿Cómo para qué?
-Para conocernos un poco más
- Ok, no hay ningún problema, le espero.
-Gracias, en media hora la recojo.

Él cuelga el teléfono y ella se queda con el auricular en la mano pensando lejanamente, mientras que los ojos de los presentes esperando su turno la sacan de la profundidad de sus pensamientos y sin pensarlo bien presiona el botón que da paso a la siguiente persona.

Toma asiento la persona y ella se levanta, le dice que espere. Se acerca a Elizabeth para que le ayude a salir al medio día, ya que su hora de almuerzo es a la 1:00 p.m. y le dijo a Dreylin sin pensar que la pase a buscar. Hablan con su otra amiga Teresa, para intercambiar horarios y problema resuelto. Vuelve y se sienta en su lugar, atendiendo a la persona que espera. Las horas pasan lentamente mientras que cada minuto acelera en su corazón la idea de conocer más de cerca a su pretendiente.

Atiende a su último cliente, cuando el reloj marcaba las 11:45 a.m., realiza otra labor para que las horas pasen rápidamente, se levanta y va al tocador, se acicala el pelo, se lava la cara, se maquilla y se perfuma toda... A la hora establecida, entra Dreylin y le hace seña que salga, ella se despide de Elizabeth y ésta le guiña un ojo. Sale por la puerta de vidrio donde su pretendiente la esperaba, mostrándole el camino hacia el auto negro ejecutivo que le esperaba, ella se detiene antes de subir al auto y le pregunta ¿Pensé que íbamos almorzar en algún lugar cerca? Él le responde: Sí es así, pero no puedo dejar el auto estacionado aquí.

Ya montada en el auto con el aire encendido y una música clásica sonando de fondo, gira en la primera intersección y le dice: "te daré una sorpresa, al restaurante que te voy a llevar, la comida que allí preparan es una delicia". Ella sonríe y continúa la marcha hacia lo desconocido.

Unos diez minutos después de salir donde se encontraban, se detiene en un elegante restaurante con el nombre de: "La Viola", él se desmonta y da la vuelta como todo un gran caballero y le abre la puerta, ella por su parte, se siente bajada de las estrellas. La conduce hacia dentro mientras que deja la llave de su auto al valet parking. El sommelier le ofrece la bienvenida, Dreylin ordena mesa para dos. Su ubicación, un rincón alejado de las demás mesas y son sentados en una esquina solitaria, se acerca el camarero con dos menú dejándolos sobre la mesa en frente de cada uno de los comensales.

Empieza una tímida conversación ¿Qué quieres comer? y mirando el menú, deciden tomar su orden. Dreylin levanta la mano y el camarero se para a su diestra, saca la comanda y toma la orden de cada uno. Al finalizar de tomar la orden de comida, el camarero pregunta ¿Qué desearía para tomar, Señor? Dreylin fija su mirada en ella y le pregunta qué si puede tomar una copa de vino estando en horario laboral, respondiendo que no hay ningún problema siempre y cuando sea una sola. El asiente y ordena al camarero que le traiga un buen vino que haga el maridaje con lo que estarían comiendo, se retira el camarero y continúa la conversación entre ellos.

-¿A qué te dedicas? Ella pregunta
-Soy Gerente Administrativo de Umbrella Company
-¿Y qué haces específicamente?
-Bueno, en general mi rol es desempeñar el cargo de Vicepresidente de la empresa.
- Es decir que tú eres jefe cuando el Presidente no está.
-No, soy Gerente al igual que otros más... Es una mesa ejecutiva gerencial dónde desempeñamos el cargo de vice, al igual que el jefe no es un solo, es una asociación de inversionistas.
- Ah, ok.
- ¿Y tú qué me puedes decir, chica de sonrisa bella?

-Bueno, cómo pudiste ver vengo desempeñando el cargo de Atención al Cliente aproximadamente hace dos años. Esperando que me asciendan pronto a oficial de negocios y así poder escalar un poco más.
-¡Excelente! y en cuánto al amor ¿Cómo lo llevas?

En ese instante llega el camarero coloca los dos platos y se retira.

Un corto silencio inunda la mesa, hasta que respira y le dice: El amor es una cuestión de perspectiva muy abstracta. En ocasiones crees tenerlo en tus manos y cuando lo posees te das cuenta que no era necesariamente lo que llenaba tú corazón o resulta que el mismo se encarga de darte a entender que es solo un juego mal manipulado por un par de niños mal educados.

-Es decir, que nunca te has enamorado de verdad.
-¿Amor de verdad? ¿Acaso hay que ponerle un apellido a aquello que nos hace sentir feliz en una etapa? Para mi da lo mismo y no creo que exista eso llamado amor verdadero... ¿Y tú qué me puedes decir del amor?

Se queda un rato en silencio y medita su respuesta... Ella con los ojos escrutadores en busca de alguna señal, se le queda mirando fijamente, esperando oír las palabras de sus labios y finalmente dice:

En una ocasión un chiquillo de tiernos sentimientos encontró el amor de su vida, se adoraban con toda la devoción posible. Resulta que cierto día, él tuvo que abandonar a su amada para ir a pelear a la guerra y defender la soberanía de su país...Después de la despedida, llantos, abrazos extraños y llevar consigo una foto de recuerdo, él se sumergió en sus pasos y fue al frente del batallón. Pasaron los primeros meses y él le enviaba día tras día una carta de amor, llena de esperanza y un pronto encuentro para no separarse jamás. Transcurrieron varios meses sin ella recibir noticias y no saber nada de él, en su desesperación por su amado se cortó el cabello, se vistió como hombre y se las arregló para alistarse e ir a la guerra. Cierto día estando él en el campo de batalla, alguien llega a su lado, lo abraza por la espalda, no dice nada y se desvanece por dentro...era su amada, su única y tierna amada.

¿Cómo se encontraron? ¿Qué la llevó a alistarse? ¿Cómo supo sin verle el rostro que se trataba de ella? ¿Cómo fue amor y no guerra?

-¿Qué te quiero decir con esto? El amor solo existe en los corazones que creen de verdad en él y lo defienden con uñas y dientes... Como gato boca arriba. Gabriel García Márquez dijo: "Quizás Dios quiso que conocieras mucha gente equivocada antes de que conocieras a la persona adecuada para que cuando al fin la conozcas sepas estar agradecido."

Ella suspira y solo llega a decir: el amor es una utopía. De inmediato retumba con la pregunta que hacía nido en su cabeza y quería desbordarse por sus labios....

-¿Estás casado?

-No, lo estuve una vez. (Él responde)

- Y... ¿Fue amor verdadero?

-No lo creo, nunca habría acabado

-Ella reflexiona y finalmente pregunta ¿Alguna vez te has enamorado de verdad?

-Él duda en contestar y responde: No, pero deseo hacerlo con toda mi alma.

Terminaban de comer cuando Dreylin le hizo una señal al camarero para que realizara la labor de desbarasar y trajera el vino que había pedido. Al finalizar la comida y realizar el maridaje, procedieron con las conversaciones un poco retorcidas.

-¿Qué buscas tú en un hombre?
-Antes buscaba muchas cosas hoy en día solo busco una, aparte de que me guste, que sea lo más sincero posible, sin importar que su sinceridad dañe mi corazón.
-Es decir, ¿Qué le perdonarías una infidelidad a tu pareja?
-No sería fácil, pero conociéndome creo que sí lo haría.

El reloj marcaba las 12:43, cuando ya finalizaban el último sorbo de vino. Dreylin levanta la mano y solicita que le traigan la cuenta, mientras que ella observa cada forma tan elegante de hacer las cosas. Rápidamente le da un vistazo detalladamente de cómo estaba vestido y más elegante no podría estarlo. Vestía una camisa azul cielo, un pantalón negro de tela, unos zapatos que hacían buen juego con su ropa elegida... En ese momento una pregunta de Dreylin la sorprende descuidada, quién disimula y pregunta ¿Qué?

-¿Ya nos podemos retirar o puedes esperar un poco más?
-Nos tenemos que ir, tengo que estar en el trabajo a las 1:00 p.m.
-Ok, gracias por la compañía.
-Gracias a ti

Se levantaron y se dirigieron a la salida donde el valet parking les esperaba con el carro estacionado... Dreylin toma las llaves, le da una propina y le abre la puerta, se suben y de vuelta al trabajo. En el camino él apaga la radio y dice en serena voz, la verdad que no me molestaría salir contigo para otro lado. Tus palabras son gratas para mí. ¿Estaría mal si te llamo en la noche?... Ella piensa un momento y dice no hay ningún problema puedes hacerlo cuando quieras, también he disfrutado de tus conversaciones.

Llegan frente al banco, él se desmonta, abre la puerta y se despide con un beso en la mejilla. Ella entra, toma su asiento y lo ve a través de la puerta de cristal sonriendo y marchándose. De inmediato sus compañeras la arropan y detienen su labor. Teresa que la esperaba para ir a comer y Elizabeth que la esperaba para saber lo que había sucedido... En síntesis trata de decirles todo lo ocurrido y lo caballeroso que Dreylin fue...ellas suspiran. Les comenta que la llamaría pero caen en la pregunta que no le indagó su número de celular... Las tres se cuestionan y finalizan la pequeña reunión sin tener respuestas.

Una sonrisa que no se apagaba de su rostro marcó las horas del día, las cinco de la tarde llegaron tan rápidas que ni la advirtió, su trabajo era ágil y con amor... Los clientes estaban encantados de la eficacia de ese día, así terminó su jornada laboral.

Ya en su casa, tomó una ducha, preparó la cena y la comida de llevar al otro día, la impaciencia y la ansiedad se penetraban en los rincones ocultos de su piel. Ya el reloj marcaba las 8:30 pm y miraba el celular por si tenía alguna llamada perdida, se había descargado o algún ser del otro mundo había secuestrado su móvil para que no recibiera esa llamada. Prendió la radio en una estación de música suave para aquietar los nervios y ansiedad.

Eran las nueve de la noche cuando un sonido hizo brincar su corazón, mira el número desconocido en la pantalla lo deja sonar una vez más y contesta.

-Saludos, buenas noches.

-Hola, ¿Qué tal tu día?

"Era él, tan puntual como sus palabras, era su voz en el auricular que movía mi corazón, era su respiro acelerando mi palpitación" pensó rápidamente ella mientras decía, bien gracias a Dios y no dudó en preguntar... ¿Cómo conseguiste mi número, porque yo no te lo ofrecí?

Él sonríe y llega a decir,

- Una llamada perdida que me hicieron en la madrugada de ese número así que asumí que eras tú.

- ¡Oh rayos! Eres muy asertivo pero pudo ser cualquiera. Nadie más que no sea del trabajo llama a ese número, pero eso no importa. De todas maneras si no me lo hubieses dado me las arreglaría para conseguirlo sin pedírtelo.

- Oh, eres ahora muy presumido y arrogante.

- No, solo soy sincero...

Una pausa de silencio hace la chica al comprender que está tratando con alguien de suma cautela... sus pensamientos son interrumpidos por una pregunta que le hace.

-¿Conoces al Licenciado Johan Capellán?

-Sí por supuesto, es el encargado de administrar toda la zona del banco donde trabajo.

-Exacto, hoy estuve conversando con él y le recomendé subirte de puesto... Es probable que mañana temprano te estén llamando para conversar contigo.

-¡Qué! ¿Por qué hizo eso? ¿Qué van a pensar de mí?...

-Relájate, Johan quiere ser inversionista en nuestra compañía por lo que haría cualquier cosa para estar agradecido conmigo, además solo le hablé del buen

trato que recibí y la cordialidad por parte de una de sus empleadas. Solo mencione tú nombre y él dijo mañana me encargo.

-Bueno, no tenía porqué hacerlo...Pero de todos modos muchas gracias. Estoy muy agradecida.

Continuaron conversando de muchas cosas, finalizando a eso de las 9:30 p.m., ella sabiendo que tiene un hombre que la estima y que mañana podría tener un ascenso. Se acostó abrazada a la almohada y sonriendo, se sumergió en un sueño donde se encontraba en una fila para buscar trabajo, todos los que estaban en la fila eran rechazados. Ella preguntaba y nadie contestaba por qué eran impugnados. Al llegar su turno y entrar a la oficina ve que quien la recibe con una sonrisa es Dreylin, pero él hace no conocerla y le empieza hacer preguntas rutinarias de entrevista de trabajo.

Capítulo

- 2 -

El reloj marcaba su alarma y ella empapada de sudor se despertó, con una energía renovada y media inexplicable, la cual no era costumbre tener en esos días...Se acercó al espejo, se miró detenidamente, después de maquillarse y ver una sonrisa mágica en su rostro, suspiró y caminó a su trabajo.

El sol despuntaba la aurora de esa mañana y daba un matiz exquisito al día, lo que provocaba un placer inherente a su vida. Todo transcurría normal en su faena diaria hasta la 10:15 a.m., donde una llamada a su extensión cambió por completo su rutina. Después del saludo acostumbrado al otro lado del auricular, una voz conocida pero muy poco habitual provocó un sobresalto en su corazón. Era el gerente del banco quién le pedía que se presentara de inmediato a su despacho. La adrenalina se apoderaba de su piel, alma y mente ya que nunca había pasado a solas a la oficina del gerente. Al entrar, él le espera con una agradable sonrisa y le ordena que se siente.

-Señorita, hoy le he llamado porque reconocemos su ardua labor diaria, su compromiso con la institución

financiera y el respeto fundamental a nuestras leyes, es un honor para mí informarle que usted ha sido ascendida de puesto. A partir de hoy se va a desempeñar como oficial de negocios, le exhortamos que continúe mostrando su calidad distintiva como lo ha venido haciendo y que éste sea el peldaño que la conduzca a seguir cada día más hacia sus metas... ¡Felicidades!

Mientras el gerente hablaba la joven hacía un sin número de pensamientos de forma voraz: ¿Es real esto que está pasando? ¿Qué cara pongo de alegría o sorprendida? ¿Me pellizco o despierto de un zarpazo?

-¿Señorita algo que quiera saber?

-Gracias, mil gracias por la oportunidad. Le aseguro que no lo defraudaré y daré lo mejor de mí.

-No menos de eso es lo que esperamos.

-Gracias,

-¡Es todo!

El gerente le indica al oficial de plataforma y la conduce hacia él, éste la recibe con cordial bienvenida y felicitaciones. Le dice: "trae tus cosas para este escritorio y empezaremos con tu nuevo entrenamiento".

Ella agradece y se dirige con una sonrisa descomunal hacia donde sus amigas Elizabeth y Teresa quienes le esperan con abrazos y festejos. ¡Muchas felicidades y mucha suerte!... La transitoria despedida de felicidad y añoranza se produce por completo, aun sabiendo que estarán en el mismo banco, las amigas saben que se ha ido a otro lugar más lejano.

Ya instalada en su nuevo escritorio, el encargado de plataforma le ofrece la inducción básica y le explica cuáles son sus funciones y obligaciones. En esos andares, se desenvuelve el resto de la mañana hasta que llega la hora del almuerzo y toma un respiro. Tiempo adecuado para colocar ciertas ideas en su lugar.

Piensa en todo lo ocurrido y lo feliz que se siente. Cuando de repente el nombre Dreylin viene a su subconsciente como propaganda publicitaria que te golpea sin advertirlo. ¡Oh sí! verdad. Es decir que Johan Capellán llamó al gerente del banco para mi ascenso. Claro sugerido por Dreylin, mi bonito y bello Dreylin, mi enigmático e insondable Dreylin... ¿Por qué enigmático, por qué insondable? ¡Tengo que averiguarlo! La joven tomó su celular y llamó a su número personal. A la segunda timbrada levanta el teléfono y dice: ¡Felicidades! nueva oficial de negocios.

-Ya dañaste la sorpresa, ¿Cómo es que ya lo sabes?
- El gerente llamó a Johan y de inmediato él me hizo saber que mi propuesta había sido efectiva.
- Ah ok, pero de verdad... Muchas gracias, es un gran paso para mí.
-No tienes ni que mencionarlo ¿Qué tal si hoy nos vamos a celebrar su nuevo puesto?
- Usted no pierde el tiempo Sr. Dreylin Mercado.
- Es una cualidad que podría definirme.
-Pues, me temo que debo andar con cautela
-No necesariamente, solo debemos ser tal cual somos.
-Sí, eso es cierto.
- ...Y ¿Qué me dices? ¿Me acompañas o tendré que celebrar yo solo su felicidad?
-Bueno, por lo que veo no creo tener escapatoria, ¿De qué hora estaríamos hablando?
-La hora puede ser establecida por usted, esta vez.
-Ok, umm. ¿Qué tal las 9:00 p.m.?

-¡Excelente! a las nueve la paso a recoger pero si antes me facilita su dirección
-Oh por supuesto, pero pensé que también te las podrías ingeniar para conseguirla
-Jajaja, no sería problema solo tendría que levantar el teléfono y hablar con la persona correcta.
-¡Mierrrcoles! Eso no me causa risa. Pero te la daré.

Le da la dirección y todo listo para ir a celebrar su ascenso en la noche. El día en el trabajo finaliza con regularidad y a la hora habitual sale del banco, pasa por el salón de belleza, se viste después de más de media hora de estar escogiendo qué ropa usar y con qué zapatos o cartera combinar. Ya a eso de las 8:30 p.m., se está dando los últimos detalles de su maquillaje, colocándose unos aretes y juego de gargantilla con pulseras. Se dice para ella: ¡Pizz! Lista para acabar con lo que venga.

Son las 9:00 en punto, un carro se detiene frente a su puerta y el teléfono suena con el número de Dreylin en la pantalla...
-Buenas noches ¿Estás lista?
-Buenas noches. No, dame 5 minutos más.
- Ok, le espero aquí abajo.

Aun estando lista para salir, toma cincos minutos, se mira en el espejo, se acoteja los senos y dice: un ratito más... puede esperar. Así que se sienta, espera que transcurran otros cincos minutos más. El teléfono suena, lo toma pero no contesta y sale por la puerta despampanante. Dreylin la espera con la puerta del vehículo abierta, saluda con un beso en la mejilla, ella lo recibe muy conmovida y sonriente. Cierra la puerta del lado derecho y da la vuelta para montarse al volante, entra y le dice: ¡Que hermosa te ves esta noche, me sorprendiste! La joven da las gracias, mientras piensa en su subconsciente: "por lo menos fue recompensado el tiempo invertido con ese halago.

Ella lleva puesto un pantalón lino color blanco con una blusa pastel, el pelo suelto de forma ondulante y las joyas color dorada, con zapatos de tacos color negro y bolso de sobre color negro. Él a su vez, vestía una camisa blanca de rayas grises que hacía juego con el pantalón del mismo color gris, correa y zapatos negros.

En el camino fueron conversando de cosas comunes y al llegar al piano bar, fueron conducidos por el camarero a una mesa, donde les esperaba un champán Don Pérignon servida en la hielera, cubierta por un paño blanco. Se sientan y en las copas de tulipanes sus respectivos tragos. Se retira el camarero y comienza la conversación de seducción.

-Vamos a brindar por tu ascenso pero además vamos a brindar por ser como eres.

-¿Y cómo soy?

-Sencillamente real

Chocan las copas y se escucha un modesto: ¡salud!

-¿Te agrada el ambiente? (Pregunta él)

-Sí, el sonido del pianista se cuela por mis oídos creando una linda armonía en mi corazón.

-Me alegro, la canción que interpreta es el lago de los cisnes de Chaikovski

-Mmm ok, que divina melodía.

-Me parece atractivo ver la sonrisa de diosa que se dibuja en tu rostro, cuando ves con tu alma más que con tu vista.

-¿Cómo así? ¿A qué te refieres exactamente? Sonrío normal como cualquier chica.

-El amor es impalpable y se siente más con ojos cerrados

a la realidad y más abiertos a la fantasía.

-Sí pero ya sabes lo que pienso del amor, así que no creo que mi sonrisa tenga eso que dices.

La joven le pide que la disculpe que va para el baño a retocarse. Él se levanta todo caballeroso, ella camina y él se queda sólo suspendido en un pensamiento poco profundo. Al momento de unos cinco o diez minutos regresa, le dice en forma de broma que si no se había convertido en piedra. Ríe y dice claro que no, al menos que tú trates de ser medusa.

Ella toma su asiento, él le dice que si le apetece comer algo ligero, ella asiente y al mismo tiempo piensa: ¿Ligero? Con el hambre que tengo por estar arreglándome y no comer nada, me comería cualquier cosa. Dreylin le hace seña al camarero y éste de inmediato entiende perfectamente. Al poco rato se aparece con una deliciosa picadera. Mientras van comiendo, tomando champán, se van inhibiendo ciertas corduras y entre la risa y conversaciones más personales seguían desarrollándose al filo de la noche.

-¿Cuál es la parte que más te atrae de un hombre pero físicamente?

-Bueno podría decir tantas cosas pero seguramente debería ser su boca

Él respira profundo y se moja los labios

-¿Y a ti qué te gusta de una mujer, físicamente?

-Al igual que tú, serían muchas cosas pero me atrae mucho la mirada de sus ojos

Ella pestaña

¿Qué cosa te disgusta de un hombre?

Pues, que no sea cuidadoso con su higiene

¿Y a ti que te disgusta en una mujer?

Pues aparte que no sea altanera y caprichosa, que no le de valor a sus atributos.

Ella piensa un momento ¡uff! qué bueno que me acotejé los senos antes de salir de casa, así me siento segura. En ese instante llega un Señor que se detiene al frente de la mesa y saluda a Dreylin, se para y estrecha la mano, luego lo abraza. ¡Caramba! ¿Y tú amigo mío por aquí? Él le responde que se encuentra en diligencias de trabajo. Dreylin hace una pausa, mira a la joven, le tiende la mano, la presenta a su amigo y responde mucho gusto mi nombre es: Sebastián Navarro, el gusto es mío ella responde. Dreylin y Sebastián se ponen hablar de tema de trabajo acerca de artículos periodísticos y cosas así. Se despide luego de un rato y dice placer haberla conocido joven. Ella sonríe y dice igualmente.

La pareja vuelven a estar a solas y Dreylin en forma de respuestas a sus ojos ansioso le dice: Sebastián es muy buen amigo mío, creo que es el único que me ha demostrado una amistad sincera.

-Es bueno tener en quién confiar y poder ser así de ambas partes. (Comenta ella)
-Por supuesto, él ahora se desempeña como periodista de un diario importante del país, pero su debilidad está en la poesía. Es muy buen escritor y muy buen consejero en temas del amor, ha sido el único con el que he hablado de mis asuntos privados.
-Oh, es decir que le has contado de mí.
-Siendo lo más honesto posible, aún no le he dicho nada... pero no me condenes si posteriormente le hago algún comentario.
-Claro que no te juzgaría, es bueno saber a dónde acudir si te alejas de mí.

-Jajaja, gracias por la revelación. Ahora bien, volviendo a donde estábamos... ¿Qué tipo de relación te gustaría tener?

-Bueno, una en la cual la verdad y honestidad prevalezcan, que cada decisión sea tomada por mutuo acuerdo, por más sencilla o complicada que ésta sea.

-Coincido contigo.

En ese instante toma un trago de champán, la mira con sensualidad mientras saborea en sus labios el trago y el sabor esperado de sus besos, ella finge no verlo mientras aceleran en sus pensamientos unas ideas que le ponen el corazón acelerado. "Un beso suyo sería suficiente para que ésta ansiedad que me sube se calme ¡Oh! rozar esa barba tan bien colocada que deja de manifiesto su boca tan sensual"

Él sonríe y dice: A veces, no somos lo suficientemente valiente para dañar o mejorar un instante perfecto. A lo que responde: La valentía a veces se puede interpretar como inapropiada siempre y cuando no exista la confirmación de otra parte pero para dañar un momento perfecto solo hay que pisar tierra movediza sin saber que estás parado encima de ella. Él sonríe tiernamente, la toma por las manos y se acerca a su rostro. Ella no hace ningún gesto, él se aproxima a sus labios, sonríe y pregunta: ¿Sí besara ahora tus labios crees que me hundiría?... Lo mira fijamente a los ojos y le dice por supuesto que te hundirías... sus ojos se apenan y ante cualquier movimiento ella logra decir. Pero, yo me hundiría contigo... Él se repara inmediatamente y besa sus labios dulces como miel acabada de sacar del panal, ella siente ese deseo tan inmenso que no logra ni respirar. Un beso enternecido manejado por el tiempo que se podría describir como de película romántica. Ella siente que se desvanece entre sus labios, de repente él se detiene y se coloca en su estado anterior en el asiento y dice:

- ¿Sentiste esa electricidad o es cosa mía?
-Sí, la sentí.
-Me gustaría sentirla toda mi vida
-Pues, sinceramente no me molestaría.
-Me puedo sentar a tu lado y abrazarte.
-Sí, desde luego

Él corre la silla a su lado, le tiende el brazo por sus hombros, ella se recuesta sintiéndose la mujer más feliz del mundo, le dice al oído hoy me siento muy agradecido de Dios que tú estés a mi lado. Te admiro por ser tan clara como esperaba. Gracias por existir... ella con la voz acongojada llega a decir, es un placer coexistir contigo...

Él piensa profundamente y al suspirar junto a sus oídos expresa, sería genial hoy recorrer por completo tu cuerpo, hacerte vibrar las emociones más sublimes y fascinantes que se encuentran aprisionados en mi alma. Reaccionando responde: Creo que te estás yendo muy deprisa... Y no hay prisa en el amor, todo con calma se disfruta y se saborea mejor

-Sí, es así.
-Pero seamos claros uno con el otro, ¿Qué tal si dejamos pasar un día entre nosotros sin comunicación y al siguiente nos vemos?
-Como tú lo desees. (Él responde)
-No como yo lo desee sino como sentimos que debe ser ¿No crees?
-Por supuesto que sí. Pues, no te buscaré ni te llamaré... será para nuestra próxima cita cuándo hablemos con la cabeza fría y el sentimiento en posicionamiento. Si de verdad esto es real, en ese instante lo sabremos.

-¡Correcto! Dejamos pasar un día entre nosotros sin comunicación y al siguiente nos vemos.
-¡Perfecto!

La noche de la pareja transcurre entre pequeños besos, abrazos tiernos y planificación de su vida como si estuvieran juntos. Finaliza la salida, la conduce a su casa, se despide con un beso diciendo hasta la próxima. Ella, se despide y lo ve partir en su carro negro ejecutivo. Entra a su casa, cierra la puerta y no sé puede creer todo lo ocurrido.

Se quita las zapatillas, se desata las joyas, suelta el bolso negro sobre la mesa del comedor, se quita la blusa, se baja el zipper y caminando hacia el baño se termina de quitar el pantalón, quedándose en ropa interior. Toma la toalla para darse una ducha y escucha que alguien llama a la puerta, se envuelve en la toalla y se dirige a ver quién llama. Abre un poco la puerta y nadie aparece, ahí se da cuenta que alguien llama a su vecina, cierra la puerta y se echa a reír. Mira que en su pie hay un papel lo abre y ve un corazón dibujado, lo mira, lo huele con el perfume inconfundible de Dreylin y una nota que dice: "gracias por la inolvidable noche" agarra la nota, la abraza y danza con ella.

Toma una ducha fría, se mete a la cama y se envuelve en un matiz de pensamientos hacia dónde podría llegar esta relación. Es caballeroso, es tierno, inteligente, posee un porte muy sensual de hombre, un rostro muy lindo y su barba es exquisita, sus ojos negros, su forma de ser... Es de esos tipos que saben lo que quieren y van por ello, comprensivo, cariñoso, romántico y muy atento. Aunque tengo muy claro mi posición sobre el amor, es probable que con él sienta cosas diferentes como me sucedió hoy... Ese beso ¡Uff! Me demostró que se pueden sentir cosas distintas.

Y así mientras pensaba y analizaba cada detalle, se fue sumergiendo hasta quedar profundamente dormida. Soñó caminando a una casa espectacular con escaleras, barrotes labrados. Al final de la escalera estaba Dreylin esperándola con la mano extendida, ella caminó, subió hasta llegar a él. Estando juntos, tomó uno de sus brazos y le rodeó por el suyo haciendo un nudo nupcial, caminaron hacia dentro de la enorme casa con piso de mármol y cuadros de pintores reconocidos. Justo en medio de la casa, una fuente preciosa con peces dorados en sus aguas, se detienen frente a ésta y Dreylin señala y dice: ¿Puedes volverte pez? Mira sin entender y pregunta distorsionada: ¿Cómo? Él sonríe, le suelta el brazo y sopla. El aliento choca en el rostro de ella y se va convirtiendo en pez...

Mientras resurge del sueño retorciéndose en las sábanas, mira por la ventana que todavía es de madrugada, toma el celular y verifica la hora, 3:35 a.m. Trata de volver a dormir y pasa el resto de la madrugada dando vueltas hasta que llega la hora de incorporarse a su labor cotidiana.

Llega a su trabajo, cobijada de nuevas esperanzas. Elizabeth la aborda y le pregunta qué tal amaneció, ansiosa que le cuente algo de su caballero de armadura blanca Dreylin. Ella devuelve el saludo, comenzando a relatar la dulce y tierna salida con su amado, envolviéndose las dos en suspiros y gestos de amor, cosas que solo comprenden las mujeres cuando hablan entre sí.

Le explica que ese día quedaron de no verse ni de llamarse, que lo tomarían como un día de reflexión post-relación, Elizabeth la ve con ojos dudosos. Pero, no emite ningún juicio sabiendo que esa es una muy buena táctica utilizada en ocasiones por ella. Ya, estando Elizabeth enterada de todos los pormenores, se retiran a sus puestos de trabajo.

El día se torna un poco gris y las autoridades de meteorología anuncian la llegada de un sistema atmosférico asociados a una vaguada incidente en la parte baja del caribe, se hace un llamado a las frágiles y pequeñas embarcaciones a no salir a mar abierto y esperar en muelle. Así mismo, se les pide a las personas que viven próximas a cañadas y arroyos, dirigirse en las primeras horas de la mañana a refugios establecidos por el centro de operaciones de emergencias. La chica se entera de la noticia por el internet pero no le da la menor importancia y se centra solo en pensar en su querido Dreylin y como sería el día próximo a su cita.

Llega la hora de salir del trabajo. Con ansias y desesperación espera salir a tomar aire fresco y alejar sus pensamientos de su amado pero en cada cosa que ve está él presente. Camina de retorno a su casa deambulando las ideas incompletas en sus imaginaciones, suspira al saber que podría ser feliz y ésta vez con amor verdadero, para siempre.

Unas gotas de lluvia en el rostro de la joven le hacen recordar la posible tormenta que se acerca al país y acelera el paso para llegar rápidamente a su casa. Estando allí la lluvia se precipita con fuerza, se prepara para dormir temprano, así el día de su próxima cita no demore en su llegada. Toma una ducha, queda en vestimenta de dormir, cena algo ligero y escucha música suave, en ese instante estaba sonando en la estación radial la canción de José Luis Perales: "El Amor"...

Moviéndose a su habitación con las letras de las canciones bailando en sus oídos y revolcándose en los rincones de su mente, mirándose en el espejo y ahora escuchando la intervención del locutor en la radio diciendo: "lluvia romántica en todo el territorio nacional, continúe disfrutando de la mejor música, solo aquí en su emisora de siempre"... Inicia la canción de Camilo Sesto: "Jamás". Mientras la música suena, ella hace una especie de monólogo en el espejo.

"Soy toda tuya siempre y cuando me demuestres que esto es verdadero, no tengo nada que ocultar por dentro y fuera de mi piel. De verdad me fascina como eres pero temo que si te entrego todo de mí, sea propensa a que acabe como siempre me ha sucedido, rodando en la soledad del olvido. Tus palabras desnudan mi alma de modo que me siento tan irreal cuando estoy a tu lado, algo así tan especial que dudo que de verdad esté pasando. Hasta ahora todo lo que me has demostrado me ha fascinado pero eso no quiere decir que simplemente me entregaré a tus brazos, así no más... Tal vez mañana ni podremos salir por el agua, aunque de verdad hoy me has hecho mucha falta, escuchar tu dulce y tierna voz, oler tu perfume, mirar tus lindos ojos negros y ese beso ¡mmm! como lo deseo ahora (...)"

En ese instante suspende su monólogo, se dirige a la sala, detiene la música y se mueve a su habitación. Se arropa, observa que la lluvia aún no cesa, se adentra a sus sueños y espera el amanecer de un comprometedor e inquietante día.

Capítulo - 3 -

El ruido del despertador da la bienvenida al inicio de una nueva jornada, la lluvia se mantiene dándole un tono oscuro y gris a la mañana. Ella se viste, toma aire frío y despeina las actitudes de un sendero que ha de ser la conjunción de una nueva vida... Bajo las inclemencias del tiempo, llega a su trabajo y toma asiento en su escritorio. Un día de poca afluencia, ya que las personas por costumbre no asisten al banco con tanta regularidad los días lluviosos. Suena la línea de su extensión dando paso a una emoción entrañable y confusa conversación.

-Muy buenos días, Señorita
-Buenos días Sr. Dreylin
-¿Qué tal estuvo su día?
-¡Esperanzador! ¿Y el suyo?
-Con falta de esperanzas.

Un silencio de varios segundos es interrumpido por una tos seca forzada por él, en modo de limpiar la garganta y decir en quieta voz.

-Me hizo mucha falta ayer

-Tú también a mi (ella responde)

-La ausencia de su presencia fue muy triste y por qué no, hasta un poco dolorosa.

-¿Por qué dolorosa? (Ella, cuestiona)

-Pues tener el medio para comunicarme contigo y no poder hacerlo fue algo frustrante

-Pero ya no tienes de qué preocuparte, lo pasado quedará en el pasado y hoy es un nuevo día.

-Desde luego, chiquilla. Solo espero el momento de verla una vez más a los ojos y llenarme de la luz de su mirada en mi interior.

- ¡Uyy! ya le salió lo poeta.

- Jajaja, esa parte no me pertenece, a mi amigo Sebastián, sí.

-Ok

-... Y hablando de poesías, hoy puedo pasarla a buscar para que podamos recorrer el camino de éste lindo sentimiento.

En ese momento la chica hace una pausa, se fija por la puerta de cristal que la lluvia se ha incrementado más, que se aprecia como una fuerte tormenta.

-Pero pensé que hoy no íbamos a salir por la inclemencia del tiempo.

-Donde pretendo llevarte no creo que te vayas a mojar...

-Mmm,.... Ok, ¿Y de qué lugar estaríamos hablando?

-Es una sorpresa, no te lo puedo decir pero será un lugar donde podremos estar a solas... poder describir con besos el lienzo de tu cuerpo sobre las caricias más sublimes de mi alma.

-¡Uff! Sus palabras me desarman el corazón (Piensa) ¿A qué hora me recogerías?

-Pues si no tienes ninguna objeción, después de las 2 de la tarde.

-¡Wao! tendría que ingeniar algo para salir a esa hora del banco.

-Pero si crees que te puede causar problema podemos cambiar de hora

-No, está bien. Yo me las arreglo... te espero a las 2:00 p.m.

-¡Magnífico! Pues, con ansías espero la hora de pasarte a buscar, te volveré a llamar para confirmar que está todo correcto.

-Perfecto, hasta entonces.

-¡Cuídate!

Cierra la línea y piensa cómo idear un plan repentino para salir a la hora indicada. Pero no logra quitarse de la cabeza, el rostro de Dreylin y el momento que le espera a solas con él... Pasados quince minutos, va donde su supervisor y le informa que algo se le presentó, notificando que debe retirarse después de las dos. El supervisor accede ya que no es un día muy saturado... y así todo listo para el gran encuentro entre dos almas que juegan al sentimiento real de aquello llamado: "Verdadero Amor"

El reloj marcaba las 2:05 minutos, el teléfono de la chica suena y al otro lado de la bocina Dreylin le hace la pregunta de lugar. Ella confirma su asistencia y cuelga el auricular del teléfono. Deja todo listo, se levanta de su escritorio va al tocador, se hace un retoque al maquillaje oficinista que permanecía en su rostro y todo listo para zarpar a mar abierto.

Estando nuevamente sentada en su lugar, vestía un conjunto de falda y chaqueta azul celeste, con una blusa blanca, pelo suelto y accesorios moderados. Alrededor de la 2:15 o 2:20 p.m., ve el carro de Dreylin estacionarse frente del banco, un brinco en su corazón le mueve el más noble sentimiento arraigado en lo profundo de su alma. Él se desmonta con un paraguas en mano protegiéndose de las fuertes lluvias, le hace una señal universal de que vaya y ésta camina a su encuentro, mientras lo hace va observando detalladamente.

Hoy está más lindo que nunca y su rostro tan elegante le da un aire delicioso de caballerosidad ¡Oh Dios!, sale y es esperada por su acompañante con un beso y un abrazo tierno, la toma por la mano y da la vuelta hasta que se monta en el asiento de lado del conductor. Mientras él da la vuelta para colocarse en el volante, ella lo mira desde el retrovisor detenidamente ve que viste un traje color negro, con una camisa lisa de color lila, una corbata a cuadros que hace un juego espectacular en su persona.

Estando la pareja dentro del vehículo expresan una corta conversación sobre cómo la lluvia y el amor son fuente inspiradora de pasión. Se dan un tierno beso, arranca el vehículo y se dirigen a su destino. Mientras el recorrido avanza, van conversando de los sentimientos de ambos, rescatando aquellas ilusiones del verdadero amor. Unos veinte minutos después llegaron al lugar, un hotel de nombre "Esmeralda" próximo al malecón. Se dirigen a la recepción y con una sonrisa amable el recepcionista le da la bienvenida. "Soy Dreylin mercado, tengo una reservación", el joven verifica y le ofrece una llave de color dorada. Señor firme aquí y puede subir cuando lo desee. Toman el ascensor hasta el noveno piso y se dirigen a la suite 925, al abrir la puerta la chica entra y es deslumbrada su vista con lo mágico y majestuoso de aquel escenario.

Quedó asombrada por los detalles de la decoración en la sala, los cuadros de las paredes, los arreglos de flores en cada florero, caminaba examinando cada milímetro del espacio. Dreylin se dirigió a la cocina mientras ella caminaba a ver la habitación. Unas alfombras rojas alrededor de la inmensa cama, unas cortinas doradas en forma descendentes, una mesa justo en el centro con champán y copas brillantes en la hielera daban la bienvenida al romántico lugar.

La cama con unas sábanas tan blancas como las nubes y un cubre cama de color dorado que hacía un juego exquisito a la vista del presente, era una linda combinación con las cortinas. En el centro unas toallas en forma de cisnes haciendo un lindo corazón rodeado de pétalos de rosas rojas. Una lámpara en la mesita de noche en luz de medio tono, lo que provocaba un ambiente enriquecedor y embriagante a los sentidos. Un olor primoroso permanente en la alcoba es absorbido poco a poco por la chica. Sobre la mesa una botella de vino tinto, un plato cubierto con una fuente y una cubertería envuelta en una servilleta blanca. No pudo pronunciar muchas palabras, colocó las manos sobre su boca observando con asombro la hermosura de aquél lugar que tan sólo le pertenecía a ella y su amado en ese instante.

Dreylin deja la cocina y cierra la puerta principal, luego se dirige hacia la mesita colocando un dedo en la abertura que posee el cubre plato de metal para destaparla... Al abrirla dos ramilletes de uvas grandes, rodeadas de una decena de fresas sobre crema chantilly.

Ella se acerca a la ventana, corre la cortina, ve una espectacular vista al mar, la furia de las olas embistiendo con fuerza a los peñascos producto de la lluvia. Se queda contemplando el agua que cae en las flores de un jardín que está en el balcón. Mientras, Dreylin se acerca abrazándola por la espalda, con una fresa revestida de crema en la mano derecha va llevándosela a la boca, ésta saborea mientras él deja caer un beso desapercibido en el hombro izquierdo. Se desliza por su cuello y le susurra al oído: hueles exquisita. Le da la vuelta y la mira a los ojos con mirada luminosa, la besa en los labios probando aún el sabor de la crema que estaba en su boca.

Se retira y se conduce hacia la mesa central donde está el vino tinto, lo abre con el sonido que produce esta botella al quitarle el corcho ¡plof! dando inicio al ritual de celebración entre dos seres prendidos en amor. Él sirve en cada copa el contenido, toma una uva, la coloca en su boca ofreciéndole a ella la mitad desde sus labios, ésta la come delicadamente y sutilmente, le da la copa para que tome. Antes de beber chocan las copas y brindan por ese majestuoso momento.

-Es sin lugar a duda una dicha haberte encontrado en el camino de mi destino (él dice)
-Ciertamente, fue algo de hechizo que hubo desde que te vi.

Dreylin la toma por la cintura, la acercó suavemente a su frente y le dice: Hoy, antes de seguir hacia el final de este instante, quiero preguntarte...

-¿Crees en el amor?
-No, aún no creo en el amor
-Aturdido llega a murmurar ¿Por qué? o algo así se le logra interpretar en su boca.
-Ya te lo dije, no creo en el amor... pero te puedo asegurar que en este preciso momento, siento el deseo de saber si es cierto.

Reponiéndose a su mirada imprevista, la besa apasionadamente dándole una sensación inimaginable al sentido de sus vidas y sintiendo recorrer por sus cuerpos el sentimiento del deseo en expansión.

-Que rico saben tus labios. (Él dice)
-Deben ser por las fresas o las uvas ¿No crees?
-Sí, pero tus labios tiene esa sensación a miel
-¡Mmm! ¿Y piensas dejar las uvas y fresas destapadas?
-Sí, necesito que estén bien fría para lo que pretendo realizar
-¡oh! ¿En qué estarás pensando?
-Las cosas es mejor sentirlas que decirlas ¿No crees?

En ese momento se aleja de él, se sienta en la mesa del centro y le dice: Vamos aclarar las cosas, siéntate por favor. Un poco aturdido él se sienta. Ella le toma las manos.

-Quiero aclarar ciertas cosas, para no darle paso a la duda o incertidumbre
-Correcto. (El, responde)
-No creas que por el simple hecho de traerme aquí y mostrarme un escenario tan divino, voy a caer en tus brazos y entregarme así porque sí. Quiero saber en este mismo instante lo que de verdad sientes o si es solo una aventura para ti.
-La verdad que me sorprende tu reacción, te he dicho todo lo que siento y lo que pretendo alcanzar contigo. Soy completamente sincero
-Honestamente me aterra ser tuya y quedar como una completa idiota

-Pero cariño, si sientes esto como yo lo siento no rehuyas a vivir la experiencia del verdadero amor en toda su expresión.

-Es que me cuesta creerlo. Sí, lo siento en mi corazón pero no quiero que se perjudique, si es una aventura dilo por favor, esto no cambiaría nada entre nosotros (mientras dice esas palabras piensa: claro que eso cambiaría todo)

-Él, la toma y callando sus labios con besos le dice entrecortado:

-Vuelvo y te repito, soy totalmente sincero contigo, créeme. Esto no sería una mera aventura. Sí, me gustaría vivir contigo una aventura pero una para siempre a tu lado. Hasta el fin de nuestras vidas.

-¡Aww!

Levantándose y tomándola entre sus brazos, los dos de pie frente a la mesita central entregan sus cuerpos al sentimiento inexplorado pero tan presente en cada uno de ellos. Entre besos detallados en cada línea de sus labios, caminando entre el cuello y los hombros, susurrándole lo mucho que la ama, va desvistiéndola. Le toma la chaqueta y la pone sobre la silla, ella toma en sus manos la corbata y trata de desatar el nudo Windsor hasta que logra aflojarlo y sacar la corbata por encima de la cabeza de Dreylin.

La dama toma su chaqueta negra y la tira al suelo quedando en pantalón negro con su camisa color lila. Ella queda con su falda celeste y blusa blanca. Él, se detiene de besarla y la lleva a la cama, toma la toalla con forma de cisnes que permanecía en medio y la pone sobre la mesita de noche, la acuesta mientras sigue besando cada línea de su delicada tez, va desatando cada botón de la blusa hasta quedar libre su vientre. Queda expuesto su sostén blanco que hacía buen contraste con su piel mulata, ella lo acerca para desvestir su pecho, desabotona y hala la camisa lila por dentro del pantalón hasta dejar completamente desnudo el torso de su amado.

Él besa su vientre desde la parte superior hasta llegar justo al ombligo, buscando dejar una sensación de hormigueo en su piel al sentir sus labios y barba rozar. Desata las zapatillas que aún tenía y le ayuda a quitarse los accesorios, dejándola solamente con la falda y el sostén cubriéndola. Ella desata la correa del pantalón, le ayuda a quitarse los zapatos y calcetines para que se acomode en la cama al lado de ella.

Los pétalos rojos que estaban sobre la cama fueron cayendo poco a poco al producirse el movimiento de Dreylin al acostarse en la cama. La mira y la desea tanto que siente recorrer un fuego ardiente por su torrente sanguíneo. Besa su cuello y le susurra al oído que se dé vuelta y se coloque boca abajo, ella obedece, él sigue besando sus hombros y cada espacio oculto de la espalda. Va peinando con sus labios cada recorrido haciéndola estremecer y ahogando gemidos inherentes en su ser. Desata el sostén, lo quita y baja la cremallera de la falda, la quita dejándola sola en panty blanco con encajes bordados, le besa la punta de los dedos de los pies y va subiendo sus caricias por las piernas hasta recorrer de forma inversa su cuerpo, al llegar al oído le pide que se vuelva a voltear de frente a él. Lo mira y piensa que lo desea sentir todo suyo, necesita su calor fuera y dentro de su piel....

La muchacha le desabrocha el pantalón, baja el zipper y lo debiste, dejándolo en bóxer negro, mira que se muestra una inclinación excitante debajo de esa tela negra tan provocativa que hace que trague en seco. Él, le ordena que continúe despojándolo, la respiración y los latidos del corazón de ella se aceleran, le pone los dedos por dentro del bóxer y nota que éste lleva otra ropa interior más diminutiva, le quita el bóxer y ahora la inclinación se nota más ardiente y perspicaz. Ella contempla su hermoso cuerpo y trasciende la vista por sus senos al desnudo. Dreylin le ordena que retire por completo su ropa interior accediendo con un poco de temblor en los dedos. Lo desviste y ve que se libera el tamaño justo de su imaginación... siente como algo se mueve y brinca en su corazón. Él, se acerca y le pone los dedos por la parte superior del panty blanco, lo baja dejándola totalmente desnuda...

Dreylin se levanta, va a la mesa central, toma varias uvas en sus manos y regresa a su lado. En ese instante mientras lo ve haciendo ese ritual piensa: “Me encantan sus manos, me fascina lo que hace con ellas, quiero que sus dedos hagan magia por todo mi cuerpo hasta excitarme de tal manera que me haga llorar de emoción. Con mis gemidos hacerte llegar más cerca de mi ombligo y con el músculo rosado de tu boca subir al cielo mojada de placer. Un río de caricias blancas sobre mi cuerpo y que continúes con esas caricias candentes que me atan más y más a tu cuerpo hasta enloquecer”.

Él se sienta a su lado, mirándola sonríe, se acerca a su oído y le dice: “no te muevas mucho”. Toma una uva en su mano derecha y la coloca debajo del seno izquierdo dejándola rodar, ella siente un cosquilleo inesperado al sentir la uva fría girar en su piel de esa forma, repite la operación de lado derecho, toma una tercera uva y la deja en su ombligo. Una cuarta y última la coloca en su ingle dejándola circular hasta su sexo. ¡Uff! todo es emoción.

Dreylin recoge con sus labios la uva que está en la diestra y tomándola entre sus dientes la deposita en la boca, ella muerde la mitad y él disfruta la otra, repite el mismo procedimiento del lado izquierdo. Al depositarla en la boca, la besa y se pierde en caricias apasionantes con su lengua, labios y manos. Va poco a poco hasta llegar al ombligo donde reposaba la otra uva. La toma en sus labios y la empuja para que caiga junto a la otra. Sigue besando su vientre y se dirige a besarla por las piernas, luego la parte interna de los muslos y hacer un juego desatado de alucinación. Ella se estremece, se deja llevar por lo que este hombre le provoca: sudor, movimientos involuntarios y pasión. Agarra el colchón entre sus dedos y los gemidos no se hacen esperar. Decide llegar hasta las uvas, las toma en su boca y sube hasta los labios fríos de la chica. Le da a comer una y se queda jugueteando con la otra en su boca, la saborea, la disfruta, luego la come y dice: "esta uva está rica pero no tanto como tus labios".

Toma un pétalo del suelo, lo sujeta con dos dedos y se pasea por la piel de la chica erizando cada centímetro, se detiene en sus senos y juguetea con el pétalo en el pezón izquierdo, ésta se revuelca de la emoción y clama sin control: hazme tuya....

Le hace el mejor sexo oral que la joven haya tenido, sube encima de ella, haciendo una química de amor nunca sentida de esa forma por ambos. Hacen el amor, se dan un baño y vuelven hacerlo. Regresan a la cama para terminar lo que comenzaron... Piden comida al cuarto y después de tres o cuatro horas ya están de regreso hacia la casa de la chica, aún lloviznaba cuando llegaron. Él se desmonta y la lleva hasta la puerta con su paragua, se despide con un tierno beso prometiéndole llamarla tan pronto esté en su apartamento.

Entra a su casa con esa sonrisa de tenerlo todo mientras piensa que él dijo que la llamaría de su apartamento pero ella se pregunta qué no sabe dónde vive el hombre al cual le había entregado todo. Una especie de amargura y desaprobación recorre su mente, por hacerse ingenua y cae en una especie de llanto interno.

Camina hasta su habitación y recorre cada milímetro de su espacio con pensamientos de reprobación y a la vez de satisfacción por lo que había ocurrido, haberse entregado a ese sentimiento puro que nunca antes había experimentado. Toma una ducha de agua tibia, cuando el celular suena, sale precipitada del baño, contesta y es su amado diciendo que ya estaba en su apartamento. Le pide que la vuelva a llamar en diez minutos que se estaba tomando una ducha. Él le responde que no hay problema y cuelga.

Termina de bañarse y colocarse ropa cómoda, se recuesta en el colchón con el celular apretado a su pecho, esperando el sonido indescifrable del amor.... Suena el teléfono y a la primera timbrada, la chica lo toma.

-Hola

-Hola mi vida. ¿Qué tal tu ducha?

-Exquisita y muy relajante.

-¡Qué bueno!

-Sabes, estoy en la disposición de ser sincera y que cada cosa en mi interior pueda tener la capacidad de poderla transmitir sin la necesidad de sentir temor.

-Es exactamente lo que espero, ya que sería lo que también demandaría de ti. (El, responde)

-¡Oh, qué bueno! Tus palabras me reconfortan mucho.

-Sí de verdad vamos a ser sinceros uno con el otro no debe existir ningún espacio para la duda o incertidumbre.

-Por supuesto. (Contesta ella)

-Entonces, ¿Qué quieres preguntarme?

-Pues, me secuestró la duda de qué no conozco mucho de ti, que ni siquiera sé dónde vives y eso me llena de pesar el alma.

-Gracias por decirlo. Pues todo lo que necesitas saber solo

tienes que preguntar qué voy a contestarte con la pura e irrevocable verdad.... Y en cuanto a saber dónde vivo, pues sólo tienes que decir el día y la hora para recogerte y llevarte a que conozca mi pequeño mundo.

-¡Wao! gracias mi príncipe, eres genial

- De nada mi princesa, sé que tú harías lo mismo por mí

-Desde luego

Siguieron conversando de lo rico y emocionante del momento en el hotel y así entre preguntas y respuestas fueron desnudando el vestido ceñido a la piel de sus almas. Finalizaron sus conversaciones entre risas y suspiros de amor, la noche aún lluviosa y desmenguada arropó las horas, dando paso al momento para dormir.

Un nuevo día pintado de lindas esperanzas en el rostro de la joven se abre paso ante los demás, con un día muy risueño y entusiasta se inicia la mañana. La lluvia ya había cesado, el centro de meteorología informaba que la onda tropical ya se había alejado del país por lo que los matices del sol radiaban el inicio del día.

Ya de vuelta al trabajo, la extensión de su puesto suena con premura dando paso a su cordial saludo y escuchar al otro lado de la bocina, la voz de su gentil pareja...

-Buenos días, mi princesa

-Buenos días mi príncipe, ¿cómo amaneces?

-Muy bien gracias a Dios ¿Qué tal estuvo tu noche?

-Acogedora y profundamente relajante.

-¡Mmm! ¡Qué bueno! me alegra escuchar eso.

-¿Y cuáles son los planes para hoy? (en modo risueño, pregunta)

-Pues, hoy tengo práctica de golf con Sebastián

-¡Oh! pensé que hoy íbamos a conocer tu mundo (la muchacha dice, en modo de enojo)

-Lo siento pero es una cita que tenemos todos los meses. No te enojes, mañana sin falta te prometo que te paso a recoger y te llevo con gusto a mi hogar.

-Gracias pero no estoy enojada

-¡Mmm! ¿Segura?

-¡Sí! Segurísima

-Pues dime ¿Qué tal tú puesto en el trabajo? ¿Cómo va todo?

En ese instante, se sumergen en una conversación trivial y todo se reduce a lo cotidiano. Así se despiden tomando su habitual jornada con los celos por el amigo de su amado. Realiza su trabajo y da muestra de que no se siente enojada pero sin quitar de sus pensamientos aquella conversación y queriendo realizar un sin número de preguntas sobre Sebastián, su supuesto amigo.

Piensa: ¿Qué se traerán estos dos?... ¡mmm! "golf" quién sabe la tertulia que estarían compartiendo ambos. Es mi deber saber quiénes son sus amistades y hasta ahora solo he visto a "ése" que no sé porque no me cae del todo bien. Pero mañana tan pronto tenga la oportunidad de entrar en su mundo, averiguaré todo lo que se traen, prefiero decepcionarme ahora a sufrir antes que sea muy tarde y no pueda retroceder.

Capítulo - 4 -

El día transcurrió normal en el banco, a pesar de que estaba sumergida en sus pensamientos y cuestionamientos no mostró desencanto, actuó con normalidad e incluso con Elizabeth quién se le acercó para cuestionarla sobre el romance con Dreylin. Entendía que él sólo pensaba en utilizarla. El tiempo de salir del trabajo para la chica llegó, se fue hasta su casa sin haber recibido ninguna llamada por parte de su amado. Estando en casa ya un poco más relajada, el teléfono sonó dando señal de su aparición,

-Hola mi princesa, ¿Qué tal tu día?
-(Irónicamente responde) ¡Excelente! ¿Y a ti cómo te fue en el golf?
-Bien, gracias. ¿Cuéntame qué planeas hacer ahora?

En ese momento la muchacha piensa que Dreylin actúa de manera esquiva y no le da más detalle de su encuentro. Fue muy tajante con su respuesta pero no quiere parecer esquizofrénica de celos por lo que sigue la conversación de lo más normal.

-Bueno me proponía tomar una ducha y meterme a la cama.

-¡Mmm! ¿Y qué ropas llevas puesta?

-Solo tengo ropa interior

-Descríbela, mi amor.

-¿Para qué quieres que te la describa?

-Para dibujar en mi pensamiento, todo tu cuerpo.

-Pues, llevo un sujetador marrón con unos pantis del mismo color.

-¡Uff, qué tentación! Ya te imagino toda y se me acelera el corazón.

-Pues, tómalo con calma que todavía no quiero visitar al doctor por ti.

-Jajaja ok

- ¿Y tú qué llevas puesto, mi príncipe?

-Pues como debe saber tengo ropa de golf, un t-shirt blanco con un pantalón color crema y la visera está sobre la mesa.

-Mmm, deberías quitártelo y decirme como te ves.

-Jajaja, eres muy mala, ¡uff! como me gusta.

-Pues dime ¿Qué traes debajo?

-Pues, imagínatelo.

-No, dímelo tú...

Así se entretuvieron conversando un buen rato, se despidieron y la chica se durmió tarde escuchando música y esperando el día próximo para averiguar sus más intrínsecas preocupaciones que aún resonaban en su cabeza. Después de la conversación dónde no pudo más que centrarse en el erotismo, se quedó con el deseo de averiguar acerca del amigo de Dreylin, así que se acostó de forma prenatal y se abrazó a la almohada solitaria.

Una quieta mañana da comienzo al día donde se propone investigar los más íntimos pormenores de su amado. Era sábado, el último día de trabajo de la semana por lo que tenía prisa por salir temprano, hablaría con Dreylin para que la pasara a buscar a la hora de salida y así tener tiempo suficiente para desnudarlo por completo. Justamente al colocarse en su escritorio, es abordada por su compañero Esteban, encargado de plataforma quién le había dado el curso de inducción Lo mira con recelo, él le da un cordial saludo y muestra sus intenciones más escondidas hasta ese momento.

-Buenos días, preciosa.
-Buenos días Sr. Esteban.
-Dime sólo Esteban.
-Ok.
-Recuerda que estamos aquí a la orden para lo que necesites.
-Gracias.

Cada palabra que Esteban decía, era con una cara de picardía que probablemente significaba todo menos lo que en ese momento él estaba expresando. Ella, apegada a la normalidad y de manera cortante, respondía cada cuestionamiento.

Esteban, se retira pero antes de hacerlo le sonríe y le guiña un ojo. Ella le devuelve la sonrisa y coloca su vista en el ordenador. Abre la mensajería y encuentra un correo del día anterior de Esteban, el cual debió ser escrito después que había abandonado el banco. Éste decía lo siguiente:

Hola, preciosa:

Desde que tuve la oportunidad de conversar con usted no he podido tener la cabeza tranquila, es muy bella. Cualquier hombre se sentiría en las nubes con solo su presencia que es angelical, con una sonrisa chiquilla que transforma los corazones con quién la comparte.

Se despide con un cariñoso y el más respetuoso saludo.

Su conquistador.

La chica al leer la palabra CONQUISTADOR siente como algo desagradable se desprende de su alma, le da a responder el correo y escribe lo siguiente.

Sr: Conquistador

Después de un cariñoso saludo y darle las gracias por sus halagadoras palabras, permítame decirle lo siguiente: Personalmente, no me involucro con compañeros de trabajo por muy bien que me caigan, además mi relación con usted es simplemente profesional. Perdone el no poder corresponderle de la misma manera pero el corazón de una mujer con los valores y principios que poseo, sólo le pueden pertenecer a una sola persona el cual ya está comprometido.

Gracias.
Se despide con cariño y respeto, su amiga y compañera de trabajo, no más.

Luego de ese correo no recibió respuesta por parte de Esteban, continuó con normalidad su trabajo. Aproximadamente a las diez de la mañana, Dreylin la llama para recordarle su visita al apartamento. Ella le dice que la recoja al salir y ya todo listo para que hurgue en las más íntimas galaxias del universo de su amado.

La hora de salir casi arribaba, cuando mira a escondidas a Esteban para observar si se perdía de algo bueno. Un chico: alto, pelo precioso, tierna sonrisa, ojos verdes imposible de pasar desapercibidos, con voz agradable. No estaría mal... pero no lo cambiaría nunca por mi Dreylin (la chica dice para sí misma).

A la hora de salir se presenta Dreylin en la entrada del banco, después de un cariñoso saludo suben en el automóvil con destino al apartamento. Mientras van en el trayecto conversan cosas cotidianas, la música instrumental que Dreylin lleva puesta sirve de relajación para ir haciendo un agradable viaje hasta su destino. Arriban al apartamento en la Residencia: “Doña Rubí”.

Es una torre justo en el centro de la ciudad con agradable vista, parqueos subterráneos y ascensores dobles. Toman el ascensor hasta el último piso donde solo está el apartamento de él. Posee un pasillo que da desde el ascensor hasta la puerta de acceso con algunas plantas ornamentales de cada lado, luz a medio tono y un cuadro preciosísimo de un crepúsculo rayando la noche. Al abrir la puerta es hipnotizada con la elegancia tan esplendorosa de aquel lugar. Su vista es sorprendida por un retrato justo en medio de la pared, frente a la puerta. Es un cuadro donde Dreylin y Sebastián sostienen un palo de golf en medio del campo de juego. Aunque llama su atención no le da tanta importancia y empieza a revisar poco a poco aquél enigmático lugar.

Un apartamento bastante grande para una persona sola, posee una vista sensacional de la ciudad, buena decoración de cortinas, alfombras debajo de los muebles, una cocina con decoración en caoba, comedor elegante de seis sillas... sus pensamientos son interrumpidos cuándo Dreylin dice: "Y bien, ya estamos aquí ¿Algo que me quieras decir?"

-Pues, me gustaría felicitarte por tu apartamento. Está de lujo.
-Gracias, mi princesa.
¿Me podrías indicar dónde está el baño?
-Por supuesto, sigue derecho hacia la habitación y a la izquierda verás una puerta.
-Ok, gracias ya regreso.

Entra al baño, cierra la puerta, se mira en el espejo y dice: ¡Wao! Este es el hombre de mi sueño. Se retoca el maquillaje, observa el baño con detenimiento, se fija en la enorme bañera de mármol, tan bonita que se imagina haciéndolo ahí con él.

Sale y Dreylin se encuentra en la sala, sentado en la esquina de un mueble con un vaso de whiskey con hielo, le extiende otro vaso que le había servido. Lo toma y en ese instante no sabe de dónde se escucha una canción de Marco Antonio Solís, ella le presta poca atención pero su estribillo le marca muy a dentro: "No hay hombre perfecto no hay, como el que buscaste en mí, perfecta es la lluvia que cae y no lo que tú has de elegir".

Se acerca a su amado y se recuesta en su pecho mientras que éste aspira el aroma de su pelo, la voltea de frente a él, la besa, la acaricia y le dice que la desea ahora mismo. Ella lo abraza y besa con la misma intensidad que espera. Él deja de besarla un momento, toma un sorbo de whiskey y dice vamos para la habitación. Ella accede.

Entran en un cuarto sorprendentemente delicado, él vestía un traje gris con camisa blanca, ella llevaba puesto un vestido color rosado pastel de escote pronunciado que daba al sur de la espalda y muy ajustado a su cadera. Van besándose hasta llegar a la cama, él le dice: "hoy tengo algo especial para ti".

La coloca de espalda, la desviste hasta que el vestido cae al suelo, le quita por completo la lencería. Abre una gaveta de la mesita de noche y saca un juego de esposas militares, la toma por las muñecas y procede a colocarlas susurrándole al oído izquierdo: no temas, todo estará bien... Esta accede sin resistencia, él le apresa sus dos manos y con una segunda esposa militar la sujeta del espaldar de la cama. Hace lo mismo con las piernas, ya se encuentra totalmente inmóvil, La mira con ojos apasionados, saca un control remoto de la mesita y empieza a sonar una música lenta y seductora.

Empieza a desvestirse lentamente al ritmo de la música, se quita la chaqueta, se desata poco a poco la corbata, la toma en sus manos y con ella recorre por completo la piel de la joven, haciéndola vibrar al sentir cerca de su nariz ese olor que conserva la corbata después de ser usada todo el día. Era el inconfundible aroma de Dreylin, le mueve los más sublimes sentimientos. Baja y deja caer la corbata sobre el sexo de la chica para proseguir desvistiéndose.

Se quita el cinturón, luego la camisa blanca y finalmente el pantalón gris. Quedando en bóxer blanco y franela blanca. Se desviste la franela poco a poco hacia arriba dejando ver su vientre plano. Empieza un movimiento sexy de cadera y va acercándose a la mano izquierda de la muchacha, ésta cuando lo siente cerca, mueve su mano como para poder tocarlo pero al estar aprisionada no lo logra conseguir. Él, continúa con su baile erótico hasta colocarse en el lugar anterior, ella siente una emoción inaguantable en su boca fría que quiere sentir esa piel deslizar por sus labios.

Se coloca nuevamente frente a ella y va poco a poco quitándose el bóxer con elegancia, hasta quedar solamente en calzoncillo. Se le acerca al pie derecho de la muchacha y esta logra sentir la erección inminente en ese ser; al rozarlo con los pies, siente como el torrente sanguíneo golpea aceleradamente el ritmo de su corazón, provocando un jadeo en su cuerpo. Dreylin toma la corbata gris que reposaba en su sexo y la desliza lentamente por su cuerpo hacia la cabeza y al llegar arriba la toma en sus manos para colocarla como antifaz en el rostro de la chica, haciendo nublar por completo la vista de ella. Al deslizar los dedos fríos por su rostro ella se estremece, sujeta bien la corbata para que no quede la posibilidad de que pueda ver. Se retira y la observa desde la parte más lejana.

Mueve la cabeza y agudiza los oídos como para orientarse donde está su amado, éste termina de desvestirse por completo dejando caer al suelo el calzoncillo, para empezar con unas caricias tentadora por todo su cuerpo.

Le besa el dedo pulgar del pie izquierdo, tomándola desprevenida y haciéndola gemir sin querer. Se aleja y ésta se mueve esperando sentirlo cerca. Un ratito después se acerca y besa sus senos con pasión, vuelve y repite la acción de alejarse, dejándola desconcertada y excitada sin control. Toma el vaso de whiskey y coloca un hielo en su boca, se acerca al cuello y va besando de forma descendente hasta llegar suavemente a su vientre. El hielo frío provoca un ladeo en su pelvis, mostrando arqueadas hacia arriba toda su parte íntima. Él toma el hielo en su boca y la besa, dándoselo a comer, se retira. Toma en su mano un frasco, deja caer el líquido en sus pezones, luego lo sigue por su vientre hasta terminar donde comienza su sexo, ella no logra descifrar lo que es, solo siente aquello frío y un olor desconocido pero no extraño para el sentido de su olfato.

-¿Qué es eso? (ella pregunta)

Él, se acerca a su oído izquierdo y con voz sutil le susurra: Miel... así tan dulce como tú. Continúa besándola y se desliza por su cuello, llegando hasta sus senos, lamiendo la miel en la punta de uno de sus senos, ella se estremece. Repite el proceso en el otro seno y se siente fuera de control. Va deslizándose entre su vientre hasta llegar donde termina la miel y empieza su intimidad. Él se retira, dejándola sola por un momento, ella escucha abrir gavetas y luego siente como algo en forma de pelusa se pasea por su vientre. En ese momento no piensa en preguntar, solo dejarse llevar por la emoción y el sentir de ese momento. El objeto es paseado por su pecho haciendo un cosquilleo tan erótico que siente algo mojado entre sus piernas, éste sigue su rutina hasta que vuelve a deslizarse por su vientre. Sigue por los muslos internos haciéndola mover la cadera de arriba hacia abajo con varias repeticiones. Cuando toca su parte íntima, pierde el control, sentir contra sus labios mayores esa sensación, es alucinante. Él, con sus dedos, expone el clítoris frotando la pelusa por su alrededor y ahí no soporta más y se corre toda sin control.

Suelta el objeto, le hace un sexo oral increíble haciéndola eyacular una vez más. Se pone de pie, le retira la corbata de sus ojos, le desata las esposas y ésta lo abraza con pasión y pudor... Ella lo besa en los labios, en el cuello, en su pecho, en su vientre y le hace una felación muy estimulante hasta pasearse con su lengua por el perineo. Envuelve de placer incalculable a Dreylin, ella se le sube a horcajadas y empieza unos movimientos sensuales. Provocando que ambos tuvieran una eyaculación feroz y extremadamente apasionante.

Habiendo terminado en la habitación, se dirigieron hasta la sala y se sentaron en el sofá. Abrazados uno contra otro, ella reposaba en su pecho. Se ponen juntos a ver televisión, colocando una película romántica. Un momento en silencio fue interrumpido por Dreylin al decir:

-Tengo que confesarte algo.
-La chica media confusa e intrigante dice: "Dime"
-Sebastián, escribió algo para nosotros y lo publicó en el periódico de esta tarde.
-Ok, ¿Y qué cosa es? (la chica pregunta, pero con media rabia interna)
-Pues, como te dije él es poeta. Y muy amigo mío, por lo que le conté sobre nosotros.

En ese momento la chica se aleja de su pecho, lo mira con ojos prendido en llamas y pregunta media angustiada...

-¿Qué le dijiste?
-No necesariamente todo pero lo suficiente para que hoy podamos leer ese maravilloso poema.

Él extiende el brazo, toma de la mesita el periódico que reposaba sin ser notado por ella. Lo hojea y va a la sección donde está publicado el poema. Se lo muestra para que lo lea, ésta dice: antes de leer eso necesito qué me digas todo lo que le dijiste.

Pues trato de ser lo más sincero posible contigo así como lo soy con él, no tenemos secretos entre nosotros, le hablé de lo maravilloso que es sentir este amor, él me hizo unas cuantas preguntas a la cual contesté y eso lo motivó a realizar éste poema.

-Pero, ¿Qué tipo de pregunta? (la muchacha arremete)
-Creo que deberías leer el poema y tú misma sacar tus conclusiones
-Bueno ok, déjame leer... Ella toma el periódico y empieza a hojear.

"Soy tú vocablo"
Sebastián Navarro

En tu mirada el jardín que coloreabas en las ventanas,
tus labios haciéndome tú única morada.
Tus quejidos se unieron a los míos en armonía perfecta
y el tic tac del reloj marcando los latidos en mi puerta.

Llena de sol y de vida tocaste el atardecer, acariciando
mi pecho tus dedos escribían mi nuevo querer.
En el espejo se reflejaron tu manos con GPS hacía el
anochecer, tus movimientos rebeldes haciéndote dueña
de toda mi piel.

La lluvia nos desnudó el alma, nos abrazó el sentido,
nos arañó el instinto, nos besó el destino.
La música nos pálpito el camino, en cada paso el sudor
corriendo cómo único testigo.

El amor se expresó sobre encuentro alistado y la
canción se amarró al horizonte soñado.
El deseo bonito fue experimentado, el miedo murió
asfixiado entre sábana fría cómo helado.

Tú te adueñaste del ímpetu, calmaste mi actitud con tu
sonrisa blanca colgaste al cielo mi gratitud.
Mi latitud llegó a su exactitud, cuándo me convertí en
el plato principal de tú menú.

La chica al terminar de leer sabe que el poema se refiere al encuentro del hotel y siente como una furia incontrolable, se le mueve en su interior y una voz le replica: dijiste "sincero"... la sangre le hierve todo el contenido de sus venas pero logra calmarse y decirle: ¿Pero en qué estabas pensando cuándo le contaste todo estos detalles tan explícitos ahí?

Le explica que Sebastián tiene muy buena imaginación. hay cosas que no le contó que el solo supuso que fue así... entre disculpas y explicaciones fueron dándole un matiz muy diferente a lo que inicialmente había sido: "verdadero amor". Enojada le dice que se retira, él pone objeción pero ella consigue convencerlo, le dice que la deje pensar que se marchará en taxi.

Sale del apartamento, llama un taxi desde su celular y dos minutos después está de camino a su casa. En el trayecto va pensando lo lindo que se había sentido y Dreylin tuvo que dañar el día, aún en medio de las réplicas se dice:

"No puedo enojarme con el poema, está hermosísimo de verdad, me gusta pero no puedo permitir que Dreylin converse de todo con Sebastián, ese tal Sebastián que no lo conozco y ya no sé ni qué pensar sobre él, me da rabia imaginar cuáles fueron esas preguntas que supuestamente le hizo y lo llevó a describir tan semejante coincidencias. Me siento desnuda frente a él, ese poema es como un espejo a mis actuaciones, me remuerde la conciencia nada más saber que algún día podría estar frente a los dos en una mesa y no sabría ni cómo comportarme"

Al arribar a su casa, mira que en la puerta hay un enorme arreglo floral con bellas rosas rojas y sobre éstas una nota. En ese mismo instante se le desvanece el corazón y toda la rabia interna empieza a calmarse. Abre la puerta, toma su arreglo, entra y cierra.

Ya en el interior de la casa, pone las flores sobre la mesa, toma la nota y lee las palabras que saltan a sus ojos: "PERDONAME"... La alegría inmediatamente envuelve su corazón y rápidamente sigue leyendo. No fue mi intención herir tus sentimientos, eres una formidable mujer y sé que tengo que luchar para ganarme tu corazón... Atte.: Esteban.

Capítulo - 5 -

La joven se queda perpleja con cara de: ¡No, no, no puede ser!, esto debe ser una pesadilla... ¡Ayyy!

Trata de neutralizar los pensamientos de su cabeza y prende la radio en su estación de música suave preferida. Al encenderla, logra escuchar al locutor decir: esa fue la interpretación de Marco Antonio Solís, hombre perfecto... para complacer sus peticiones llámenos al número... La joven toma el teléfono, marca a la estación de radio, logra comunicarse y le pide al animador que si podría repetir la canción de hombre perfecto, éste le replica que acaba de colocarla, debe esperar que pasen dos canciones ya seleccionadas y con gusto la complace. Ella le dice que no hay problema, le da las gracias y cuelga.

Se desviste mientras espera escuchar la canción, al finalizar la segunda canción el locutor dice: “Esta canción fue pedida por nuestra línea telefónica y nos debemos a la sintonía de nuestros radioescuchas, así que aquí está Marco Antonio Solís con tu hombre perfecto”.

"A la medida
muy pocas cosas
en la vida encontrarás
y con el tiempo
sin darte cuenta
en su momento lo verás
a la medida
solo hallarás
lo que cabe en tu corazón
buscando afuera
es más certera una triste desilusión.

Creo que venimos
a este mundo
nada más para aprender
y sin pensarlo
tarde o temprano
alguien te lo hará entender.

Con tu permiso
con mis defectos
a otro lado ya me voy,
más nunca olvides
que yo te amé
con lo bueno y malo que soy.

No hay hombre perfecto no hay
como el que buscaste en mí,
perfecta es la lluvia que cae
y no lo que tú has de elegir,
como inventaste que era yo
esa infalible solución
que haría feliz
por siempre a tu corazón.

Tu hombre perfecto será
El que nunca a ti llegará"

La frase de la canción: "no hay hombre perfecto" se remarca en sus pensamientos y pinta de dudas las paredes de su alma. Apaga la radio, apaga el celular, se toma una ducha y se acuesta en la cama a llorar con la fría y triste almohada. Entre sollozos y vacío en su alma, cierra los ojos, se sumerge en un corto arrobamiento donde logra visualizar un pequeño presagio: es Dreylin, vestido totalmente formal de blanco y negro en una caja de ataúd, serenamente e inmóvil. Alrededor se encuentra Esteban, dándole el pésame a sus familiares con cara retorcida e irónicamente repleta de falsedad...La chica se espanta, se tira rápidamente de la cama, va a la cocina, toma agua y camina angustiada por toda la casa, con las manos sobre la cabeza logra decir: "esto no me puede pasar, solo fue un pensamiento, así que tranquila".

Volvió a la cama, entre imágenes desteñidas y desagradables se pasó parte de la noche rodando en la cama hasta lograr conciliar el sueño, se levantó tarde ya que era día de descanso, sintiéndose el cuerpo estropeado a modo de paliza. Mira hacia la mesita de noche y ve el celular apagado, siente la tentación de saber si alguien llamó o más bien si su amado Dreylin llamó. Lo toma en las manos pero no lo enciende y vuelve a colocarlo donde estaba. Pasa por la sala para ir al baño y ve las flores de Esteban sobre la mesa. Se encoge de hombros, voltea la mirada y camina lentamente por el pasillo hacia el tocador.

Vestida y con ánimo renovado, valientemente toma el celular, lo enciende y ve en la pantalla varias llamadas pérdidas de su amado, un mensaje de voz y varios mensajes de textos. Empezó leyendo los mensajes todos a modo de disculpas y debemos conversar. Escucha el mensaje de voz y al oír a Dreylin siente brincar su corazón. Momentáneamente desaparece el odio y rencor.

Luego de enterarse lo tanto que su amado la extrañó, comienza a pensar que quizás no ha sido justa con él, al fin y al cabo ella había sido quién le pidió que sea honesto y es todo lo que él ha hecho.

En ese instante suena el teléfono y siente como un nudo en el pecho se le agolpa. Mira la pantalla del móvil, ve un número desconocido, lo deja sonar varias veces y consciente de que puede ser su amado contesta:

-Hola, buenos días
-Hola, buenos días mi bella

Al escuchar la voz en el auricular, se prende poco a poco como volcán que se prepara para la erupción. Ya que se trataba de Esteban y no de su Dreylin.

-¿Cómo amaneciste hoy, te gustaron las flores?
-Amanecí muy bien, pero me gustaría saber ¿Cómo averiguaste mi dirección, teléfono y quién te dio permiso para enviarme flores? ¡He sido muy clara contigo y espero que entiendas, no deseo nada contigo!
-Te he entendido perfectamente, en cuanto a la dirección y teléfono tuve que rogarle a Elizabeth para obtenerla. Las flores no necesito permiso tuyo para enviarte un hermoso detalle y por último, permíteme decirte que seguiré intentando enamorarte hasta que entiendas que eres luz para la sombra maltrecha de mi vida.
-Bien, gracias por las flores y cuídate mucho.

Cuelga el teléfono y comienza a reflexionar sobre los pasos de su vida, ver que aunque se adentra a una relación que podría obtener un sendero muy brillante, no podría quitarse la duda incuestionable del sorpresivo sentir de Esteban.

Comienza a desempolvar la casa y realizar otros oficios en modo de mantener la mente ocupada. Pasados 30 o 40 minutos, Alguien toca la puerta, ella abre y es Dreylin con el periódico en la mano y una rosa roja en sus manos.

-Hola ¿Cómo estás? te llamé varias veces y me tenías preocupado.
- Estoy bien, pasa y toma asiento.

Dreylin al entrar centra sus ojos en el arreglo despampanante sobre la mesa y la flor que traía en sus manos cae al suelo. La mira con ojos escrutadores y serenamente pero con algo de rabia pregunta:

-¿Qué significan esas flores?

Ella lo mira, se agacha al suelo, recoge la flor, toma a Dreylin por el brazo y se sienta junto a él en el mueble. Huele la flor, toma la mano derecha de él y la coloca entre las suyas y dice:

-Ésta flor y el gesto de estar aquí me demuestran que eres una persona súper especial y vale la pena poner a un lado el orgullo. Esas flores que están en la mesa fueron enviadas ayer por un "necio" del banco.
-¿Quién es ese? (pregunta Dreylin, enfadado)
-No merece ser mencionado, cálmate. Ya te dije que es un necio, inmediatamente hablé con él y lo puse en su lugar. No creo que exista la necesidad de hablar sobre él si eres tú quién me interesa.
-Ok, lo entiendo perfectamente... ¿Y en cuanto a lo ocurrido ayer?
-Pues, préstame el periódico y muéstrame el poema.

Así él lo hace y ella empieza a leer la parte más erótica, donde se siente leerse al desnudo. Al finalizar le dice que ya no está enfadada con el poema. Lo considera hermoso, muy real y es algo que cada vez que lo lea podrá revivir en su cabeza todas las emociones que en el hotel "Esmeralda" sintió. La manera tan sensitiva de ese encuentro.

Él promete no contar más a Sebastián, solo lo hizo por la confianza que existe entre los dos y lo profesional que él es en su trabajo. Se abrazan y se besan sobre el mueble dando rienda suelta a las emociones más recónditas de sus ansias.

-Por ser tan real, clara y sincera sé que puedo confiar en ti... Voy hacerte sentir cosas muy bonitas pero a la vez retorcidamente extrañas. (dice Dreylin)

Estas palabras conllevan unas promesas en sus labios, se colgaron en las paredes blancas de sus deseos que hizo llevar a su amado a la habitación.

Estando sobre la cama con los cuerpos desnudos, en su universo compacto... se desatan emociones incalculables. Ella boca abajo, él la besa detrás de las piernas haciendo vibrar emociones estimulantes y diferentes en ella. Sube poco a poco hasta llegar a besar su cuello y andar la parte izquierda del hombro. La penetra desde atrás tomándola completamente, haciéndola suya de forma ardiente como nunca antes había sido. Mientras el éxtasis del deseo se va sintiendo en lo más profundo de la chica, él se acerca a su oído izquierdo y con esa voz varonil que lo caracteriza pero esta vez quizás más aguda, este tipo de voz que sale del pecho del hombre que estrangula la médula del pensamiento y hace revolcar la inocencia del pecado en una mujer.

Le pronuncia las palabras más indecorosas que jamás en ese acto había escuchado, al oírla se sorprende pero no le son desagradables sino que le provoca un jadeo en la voz y un retorcimiento en el cuerpo. Con cada embestida proseguía y le decía algo más indecente pero excitante haciendo remover cada sentir dentro de su piel, luego de varias palabras ella no puede controlarse, muerde la almohada y se aferra a los bordes de la cama dejándose ir por completo. Posteriormente al encuentro, ella convence a Dreylin para que se quede toda la tarde y así aprovechar para cocinarle algo delicioso, él accede y de esta forma pasan la tarde profundizando el conocerse más a fondo.

Una tarde espectacular que hace que el amor entre los dos se fortalezca dando libertad incondicional al más puro sentimiento del corazón. Llega la hora de separarse, Dreylin se marcha despidiéndose con un cálido beso y asegura llamarla tan pronto esté en su apartamento. Se produce tal lo prometido y conversan hasta tarde, planean salir para el cine el próximo fin de semana a ver una película de estreno. Así finalizó su día y pensó que esa felicidad era para siempre. Se acostó y se durmió plácidamente.

Al siguiente día, al entrar al banco lo primero que ve es a Esteban desde lejos, no sabe por qué pero le remuerde un poco la consciencia algo así como una especie de lástima, respira profundo en modo de valentía, toma asiento en su lugar, inicia su pc y de inmediato ve que tiene un e-mail de Esteban. Lo abre y lee lo siguiente:

> Hola, si el camino de tu corazón está compuesto por rosas yo seré el jardinero que quitará las espinas punzadas que tengas. Regaré con lluvias de ilusión tu corazón y en el arcoíris de tus ojos yo seré aquel soñador.

Haré todo lo que esté a mi alcance para conquistar tu amor aún esto provoque que me pierda en mi búsqueda.

Con amor,
Esteban.

En ese instante, la chica no sabe si responder o simplemente no hacerle caso a su contenido, lo ve de una forma muy amorosa pero a la vez amenazante. Decide no responder ya que el silencio en ocasiones es la mejor respuesta, llama a su primer cliente y se envuelve en su trabajo.

A las 9:00 a.m. suena el celular de la doncella, es su amado para darle los buenos días y saber cómo va todo. Finaliza la conversación entre ellos y la joven se despide muy sonriente con cara de chiquilla enamorada.

En ese instante ve en su ordenador que entra un correo, se percata que el emisor es Esteban y no lo abre, continuando con su trabajo. Media hora después él estaba parado frente a ella, la saluda y ésta por cortesía responde.

-¿Qué me dices de lo que te pregunté?
-¿Qué cosa? (La chica, responde)
-Te envié un e-mail, preguntándote algo.
-No lo he leído.
-Hazlo por favor.

Ella abre su correo, un poco intimidada por Esteban estando parado ahí, lo lee y ve que es una invitación para salir juntos a conocerse mejor.

-La chica lo mira y dice secamente... ¡No!
-¿Por qué no? (él arremete)

-Porque esto no conduciría a nada, ya te dije que tengo a alguien muy especial y que tú no me atraes, no eres el tipo de hombre que me guste.

-Pero creo que no hay nada de malo en que dos amigos salgan y se conozcan un poco más.

-Sí, pero de qué vale intentar algo que no tendrá nada positivo.

¿Cómo lo sabes?

-No lo sé, solo sé que será así.

-Pues, si estás tan segura permite por lo menos intentarlo.

-Es que tú no me gustas, somos compañeros de trabajo y un sinnúmero de cosas que no funcionaría entre nosotros.

-Pero solo es una salida amistosa

-A ver, si te digo que si ¿Ya no volverás a molestarme más?

-Te prometo que no te molesto más.

-Mmm, pues siendo así y tomando en consideración que es una salida amistosa, pues está bien, saldré contigo.

-Gracias. ¡La pasarás súper!

-Eso espero... ¿Y para cuándo sería?

-Si no tienes ningún inconveniente podría ser hoy

-Ella lo piensa un momento y finalmente dice: Sí, está bien. Hoy saldremos, pásame a recoger a las 8:00 p.m. puntual en mi casa.

-Ahí estaré, gracias.

Con una sonrisa de triunfo, Esteban se retira del escritorio de la joven y vuelve a sumergirse en su oficina. El día transcurre y llega la hora de salida, la chica antes de salir se reúne con Elizabeth para reclamarle por haberle dado la dirección y teléfono. Pues, gracias a eso ahora tiene que salir con Esteban.

De camino a su casa suena el celular de la joven dando inicio a una conversación con Dreylin, éste le dice que hoy tiene deseos de verla, que si puede pasar por el apartamento o él puede pasar por su casa. Ella, rápidamente crea una excusa para zafarse de su amado, diciéndole que está indispuesta y súper agotada, que la perdone sin falta mañana si podrá. Dreylin como todo un caballero le contesta que no hay problema que la dejará descansar, que le llamará más tarde para saber cómo sigue.

Diez minutos antes a la hora establecida de la cita, suena el celular de la dama, era Esteban confirmando que todo marchaba bien, la doncella le confirma que está casi lista, la puede pasar a buscar. A la hora puntual suena la bocina de un carro, la joven sale y Esteban le espera con la puerta trasera del carro abierta. La chica sube y Esteban se monta a su lado.

-Estás muy bonita (Dice Esteban)
-¡Gracias!

Una tímida conversación en modo forzada se va desatando en el automóvil, el trayecto aún desconocido por la chica va creando una intriga que la lleva a preguntar:

-¿Para dónde vamos?
-Es una sorpresa
-Pero por lo menos me gustaría saber ¿A qué lugar del país pretendes llevarme?
-Ok, pues vamos camino a la zona colonial
-¡Gracias! Quiero que sepas que por tú culpa tuve que mentirle a mi pareja, ya que pretendía reunirse conmigo.
-Gracias, valoro mucho tu decisión.
-Eso espero.

Dicho eso, la conversación se profundizó en conocerse un poco más, hablaron de lo que le gusta y no le gusta, de sus familias y hasta cantaron a coro una canción que sonaba en la radio del coche: "que sabe nadie" del artista Rafael.

Al llegar a la zona colonial Esteban se desmonta, con la puerta abierta le extiende la mano a la chica y la ayuda a bajar del automóvil. Se dirigen a un restaurante que está próximo a la catedral, con mesas al aire libre. Son recibidos y llevados a una mesa que posee dos velas rojas y un arreglo floral en el centro. Toman asiento y un camarero inmediatamente les ofrece la bienvenida. Unísono le entrega el menú y les sirve agua. Esteban le da la libertad para que ella haga el pedido pero ésta le dice que comerá lo que él pida, que la sorprenda.

Él pide un plato riquísimo, mientras esperan a ser servidos continúan con la conversación, ya en ésta etapa ella ve que no es tan desagradable la compañía de Esteban y que si su amado no existiera pues no estaría mal intentarlo con él. En ese momento la joven le dice a Esteban que va al baño a retocarse. Estando en el lavado mira al espejo y comienza a recitar todos los detalles que hasta ahora le parecen agradables en Esteban.

Hombre alto, con sonrisa preciosa, cabello lacio. Ojos verdes, vestimenta elegante, no posee barba...Al pronunciar estas palabras se acuerda inmediatamente de Dreylin. Se espanta de su enunciado por lo que se retoca el maquillaje, se arregla la ropa y se mira al espejo diciendo: esto lo hago para no tener tropiezo con Dreylin. De regreso a la mesa, nuevamente Esteban le recalca lo bella que está, a lo que mirando a Esteban de arriba abajo dice: tú estás muy elegante también.

Llega el camarero y les son servidos unos suculentos platos especialidad de la casa. Mientras comen la chica mira una vez más a Esteban, vestía un elegante traje negro, camisa blanca, corbata azul que hacia juego con la servilleta en el bolsillo delantero de la chaqueta. Por su parte la joven mostraba un elegante vestido rojo muy ceñido a su cuerpo con unos zapatos blancos de tacos que le hacía ver tan elegante como una diosa.

Al finalizar el suculento plato, Esteban ordena una botella de vino blanco Shiraz, el camarero venía de regreso con la botella cuando en ese momento suena el celular de la joven y se percata que es Dreylin, contesta. El camarero se proponía decir algo cuando Esteban inteligentemente le hace seña con el dedo que no hable y que sirva en las copas. Dreylin le pregunta que cómo ha seguido y una serie de cuestionamientos rutinarios por su supuesta situación de salud pero esto se tornaba muy incómodo para ella frente a Esteban. Buscando la forma de acortar la conversación y salir de esa situación lo más pronto posible, se despiden y la chica cierra el teléfono.

Toma la copa de vino y dice:

-Gracias Esteban.

-¿Por?

-Por lo que hiciste con el camarero y por no hablar.

-No tienes que agradecer, sé que tú harías lo mismo.

-Bueno, brindemos.

Alzan sus copas y brindan por la belleza de esa noche, la luna llena le daba un matiz de romanticismo poco convencional, al realizar el ritual del brindis Esteban levanta la mano haciendo seña a alguien, en un momento se encuentra una violinista tocándole una fina pieza tan melódica que hacía vibrar los corazones.

En un momento es atrapada por lo que está sucediendo, Esteban se desata el primer botón de la chaqueta y le entrega una rosa roja que llevaba ahí guardada para dársela en el momento indicado, la joven la toma y tiernamente pasa sus dedos por sus pétalos, acariciándola y luego oliendo su particular aroma.

La noche se pierde entre los laureles de la luna que resplandecía tan hermosa, así como las miradas de él hacia la chica. Mientras la violinista tocaba esa bonita melodía, Esteban le toca la mano y le acaricia suavemente. Al finalizar la pieza musical, éste le agradece y paga generosamente. El sonido de un bolero se cuela sobre su mesa a lo que Esteban le extiende la mano y le pide que bailen esa canción. La chica no sabe por qué pero sin pensarlo dos veces accede a bailar.

Caminaron varios pasos alejándose de la mesa, se colocaron en una pista que daba al fondo del restaurante donde una banda interpretaba la copla: “como un bolero” estando en la pista acompañados de más parejas van al centro de todos y se colocan sobre un mosaico color marfil, Esteban coloca la mano de la chica por su cuello y la suya sobre la cintura de la joven, rozando sus cabezas como lindos tórtolos.

El sonido envuelve una magia selectiva que acompañado de unas luces grácil van dando una especie de fantasía poco esperada por ella. Mientras bailan, Esteban se coloca próximo al oído susurrando palabras dulces y excitantes. Se deja llevar y perdiéndose de la realidad, desmenguando en los brazos de Esteban poco a poco va dejándose ir. Varias palabras después y de manera inesperada, él roza con su nariz el área del cuello de la chica erizando su piel al sentir su respiración, de manera insospechada sus labios chocan con un medio beso que es provocado por Esteban, desatando un intercambio inesperado por la joven, besándose moderadamente en medio del salón.

Rápidamente, la chica se despega y aleja a Esteban de su lado. Se va a la mesa y éste la persigue, al llegar a la mesa pide disculpa pero ella solo logra decir: ¡llévame a mi casa! Esteban vuelve y se disculpa pero ella no le responde y con cara de enfado le dice: ¡ya te dije que me lleves a mi casa!

Esteban obedece y llama al camarero para pagar la cuenta, le pide que llame un taxi pero Esteban no la complace, por lo que la joven dice: si vas conmigo no quiero que hables en todo el trayecto. Así lo hacen y vuelven de camino a la casa de ella. Estando frente a la casa, se desmonta. Esteban la acompaña a la puerta y ésta llega a decir: ¡Buenas noches, Esteban!... Cerrándole la puerta prácticamente en su cara.

Capítulo - 6 -

Al entrar a su casa quedando de espalda a la puerta va encogiéndose y cae de cuclillas al suelo, colocando su cabeza entre las piernas y dejando que las lágrimas incontrolables caigan al suelo. En modo de auto reproche se decía: ¿Cómo pude ser tan ingenua? ¿Cómo podré mirar a Dreylin o al mismo Esteban? Y yo pensando salir de esta situación para no tener tropiezo con Dreylin, mira lo que he logrado, agravar la situación. ¿Qué hago? ¿Renuncio del trabajo? ¿Me desaparezco? ¡Aaayyy, qué dolor tan grande siente mi alma y mi corazón!

Mientras la chica enjuagaba su rostro entre las lágrimas y la tristeza, se auto devaluaba con cada cuestionamiento y razonamiento de lo acontecido, timbró su celular, al mirar la pantalla es el número de Dreylin y no sabe si contestar o dejarlo sonar. Se limpia las lágrimas y se recupera para responder el teléfono...

-Aló

-Hola, buenas noches, ¿Cómo sigues mi princesa? (pregunta Dreylin)

-Bien

¿Qué te pasa?

-Nada, ya te dije que me siento agotada

-Sí lo sé pero tu voz suena quebrantada.

-(La chica apenas logra decir) Debe ser por la fatiga

¿Quieres que te acompañe?

-No, está bien. Solo me acostaré y mañana todo pasará

-Ok pero sabes que estoy aquí para lo que necesites

-Lo sé, mi amor. Gracias por ser como eres

-De nada princesa, no te molesto más. Así que pasa buenas noches y ponte a dormir no a dar vueltas en la cama.

-Ok

-Mañana tan pronto amanezca, te llamo (Dreylin dice)

-De acuerdo, pasa tú también buenas noches mi Rey.

-Buenas noches, lindos sueños.

Al colgar el móvil, la chica se levanta del suelo mira su sala y ve la flor de Dreylin en el sofá y el arreglo floral de Esteban en la mesa. Toma con rabia el arreglo floral de Esteban y lo tira a la basura. Va al mueble y toma la flor de Dreylin y camina hacia el cuarto donde se desviste con ella en la mano. Va al baño a tomarse una ducha, al finalizar se recuesta en su cama y se coloca la flor en su pecho dejándose ir en un profundo sueño.

Un rayo de luz inmarcesible sobre su rostro le hace revivir del sueño. Mira la hora y confirma que aún no amanece, observa la flor desprendida de sus pétalos sobre la sábana fría de la cama. Cierra los ojos e intenta volver a dormir.

La alarma despierta a la joven invitándole a enfrentar el nuevo día que se avecina. Se viste lentamente calculando dónde colocar cada pieza de su ropa, se maquilla, inhala un aire profundo, se mira en el espejo y dice en modo de valentía: "hay que seguir hacia delante".

De regreso al banco se acerca a Elizabeth quién preparaba su lugar para atender a los clientes. Se saludan y rápidamente es cuestionada sobre la salida con Esteban. Ésta le dice que le va a contar pero que prometa que no le dirá a nadie en el banco incluyendo a Teresa. Elizabeth se sienta y la joven narra todo lo sucedido. Finaliza la conversación y de regreso a su puesto de trabajo se adentra en sus pensamientos, colocando las heridas creadas como algo pasajero de pronta recuperación con las medidas correctas. Momentáneamente se fija hacia la oficina de Esteban pero él se ve envuelto en mucho trabajo. La joven hace pasar su primer cliente y se prepara a trabajar diligentemente para mantener su cabeza ocupada.

Mientras se desenvuelve en su trabajo, el celular suena. Animada la chica por contestar al ver el número de Dreylin en la pantalla.

-Buenos días mi amor. (La chica dice)
-Hola, mi princesa ¿Qué tal tu día como amaneciste?
-Muy bien, con fuerza renovada y un deseo inmenso de verte.
-Yo también tengo ganas de verte... ayer me hiciste mucha falta.
¿Puedes pasarme a recoger hoy después del trabajo?
-Desde luego, creo que me leíste la mente.

Luego de un momento, finaliza la conversación y ella comienza a sumergirse en sus asuntos. La doncella levanta la vista y no sabe cómo pero Esteban está parado frente a ella con la mirada persuasiva que le caracterizan sus ojos.

-Hola, sé que prometí no molestarte más pero existe una conversación pendiente entre nosotros.

-Hola, Esteban. Sé que tienes algunas confusiones y no te culpo... pero muy bien sabes mis sentimientos hacia ti y créeme que no lo voy a cambiar. Te pido que me disculpe por mi actuación pero no fue mi intención que ocurriera lo sucedido.

-Te entiendo perfectamente pero no estoy aquí para buscar una disculpa tuya. Solo estoy aquí para decirte que ahora más que nunca voy a luchar por ti, perdóname si quizás no actúe como tú quieres pero de verdad mi corazón me late más fuerte desde ese día.

-Pues, perderás tu tiempo.

-No lo creo.

-Bueno, si no tienes nada más que decir te voy a pedir que me dejes seguir trabajando. Gracias. (La chica dice)

-Bien, me marcho pero luego te hablo, aún tengo en mis labios el sabor de tus besos. ¡Bye!

-¡Bye!

El día se paseó sobre el tiempo inconcluso de la tarde, dando paso a la hora de Dreylin pasar a buscar a su amada y salir a algún lugar desconocido por ella. Estando en el automóvil después de su habitual saludo, le explica que van a pasar por el supermercado y que están invitados a la casa de su amigo Sebastián.

A ella no le parece buena idea pero no quiere argumentar y solo quiere alejarse del banco o dicho de otra manera de Esteban. Estando en el supermercado van al pasillo de los vinos y Dreylin le dice:

-Mira este gran establecimiento donde los empleados son parte importante del mismo y a la vez no son tan bien remunerados. Los centavos que nos cobran a los

clientes son utilizados para el pago de empleados y el sostenimiento del establecimiento, a la vista de todas las autoridades que se ciñen de la vista gorda.

-¡Ay Dreylin! Las cosas de este país son y serán así, no importa quién ocupe la gobernabilidad. Es un desastre que no se puede resarcir, puesto que es parte del mismo sistema.

-Lo sé pero da pena ver tantas injusticias, como lo es el sistema penitenciario. ¿Tú sabes la sobrepoblación que existe ahí? Los reos viven con televisor, radio, celulares y un sinnúmero de cosas más. Para no ir muy lejos hasta un negocio donde se venden bebidas alcohólicas y sustancias ilícitas.

-¡Queeee!

-Pero lo lindo no es eso... sino ¿Cómo llegan ahí? ¿Quién la introduce? Y las informaciones que se manejan es que quién opera el sistema carcelario es un capo.

-Lo mejor que uno puede hacer con esos temas es callarse y vivir lo que nos tocó.

-Bueno si, a veces es mejor no decir nada.

En ese instante terminan de pasar por la caja, pagan y se suben al auto de camino a la casa de Sebastián. Al llegar son recibidos por la esposa de Sebastián.

-Hola soy Nipsela. Mucho gusto, ya ansiaba conocerte.

La chica le devuelve el saludo y Dreylin le ofrece los vinos que compraron. Pasan a la sala, toman asiento mientras que Nipsela la esposa de Sebastián va avisarle que llegaron sus invitados.

Todo transcurre con normalidad. La joven quita la percepción que tenía sobre el amigo de Dreylin, entabla una hermosa relación de amistad con Nipsela y se intercambian sus números telefónicos para seguir en contacto... Se abraza más al deseo de que todo marchará bien con esta relación. De regreso, en el interior del vehículo la chica aprovecha para saberlo todo acerca de su Dreylin Mercado.

-Amor, me gustaría preguntarte algo.

-Lo que desees mi vida.

-¿Quiero que me hables de ti?

-¿Qué te gustaría saber?

-Pues, todo lo que me puedas decir sobre ti. ¿Cómo por ejemplo porque dibujas tan bonito?

-(Leve sonrisa) Pues en mi infancia sentía gran inclinación por la pintura, luego de crecer me fue apasionando otras cosas.

-¿Qué cosas? (La chica pregunta)

-Espíritu de periodista sal de ese cuerpo hermoso... (Jajaja)

Bien, desde pequeño las artes me llamaron la atención pero mi gran atracción eran las pinturas. Esos grandes pintores me cautivaron, como en un instante plasmaban sus sentimientos en un solo lienzo, ya sea amor, odio, dicha, felicidad etc. Pero al transcurrir el tiempo y conociendo la vida más íntima de ellos fui entendiendo que quizás no era como quería ser recordado. Me sumergí en el mundo de las apreciaciones, ver con ojos cristalino la belleza en lo oculto, aquello que vive en la sombra, es por eso que quizás te dejé ese corazón pintado al conocernos porque desde que te vi miré solo un instante tus ojos y vi el fuego de un espíritu libre.

-Ok y cómo se puede aprender eso... ¿Yo podría?

-Todos podemos, solo es detenerse en la prisa de la vida

y observar los detalles... ¿Sabes por qué Sebastián es tan bueno escribiendo?

-No

-Porque mira lo natural, lo cotidiano con ojos extraordinarios y escribe algo que para nosotros es mecánico y él lo transforma en una experiencia embellecedora.

-¿Me puedes explicar mejor?

-Desde luego, si vamos a un río solo miramos el agua correr de forma natural hacia su cauce. Mientras que Sebastián se detiene y mira con cuidado y escribe algo relacionado al agua, a la naturaleza, al viento, etc.

-Ok, ya entiendo.

-¿Y tus apreciaciones son siempre seguras?

-Bueno, para serte sincero solo la utilizo para contratar personal... Anteriormente mi trabajo estaba muy relacionado a eso pero contigo solo fue intuición y saltito de corazón. (risa cómplice entre los dos)

-¿Y tu familia?

-Pues mi madre está viva, mi padre murió en un trágico accidente y mis hermanos viven fuera del país.

-¡Oh lo siento!

-Descuida hace tiempo de su deceso.

-¿Y cómo llegaste a ser socio en Umbrella Company?

-Pues al igual que tu preciosa. Esfuerzo, dedicación, empeño y amor profundo en lo que haces.

-Sabes al principio todo es así, luego llega la rutina y acaba con esa pasión.

-No es la rutina. Si no es simplemente que cuando nos vemos haciendo lo mismo y no vemos resultados al instante, vamos perdiendo la esperanza en lo que hacemos

pero si mantenemos la pasión viva, la llama encendida, la mirada puesta en la meta con ese amor, te aseguro que hasta el viaje se hace más corto.

-El amor...Dreylin, ¿Crees que exista el hombre perfecto?

-Mmm, pues: "El hombre perfecto es el que pudiendo estar en cualquier parte del mundo prefiere estar contigo" (película el hombre perfecto)... para el mundo el hombre perfecto es uno sin error... para Dios un hombre perfecto es uno que sea obediente.

-Wao, que bello. ¿Cuál es tu relación con Dios?

-Para serte sincero, cuando niño fui monaguillo de una iglesia.

-¡Épale! pero eres una caja de sorpresa.

-No tanto como tú... Porque hoy ha sido un confesionario para mí, mientras que de ti no sé nada... así que dime todo.

En ese momento, se acercaban a la casa de la joven.

-Cariño, será en otra ocasión ya me estoy quedando.

-Pero puedo entrar y quedarme contigo

-No, tranquilo que mañana es otro día.

-Mmm, ok amor. No hay problema ¿Pero me prometes que mañana seguimos hablando?

-¡No! claro que no, nunca te voy a prometer nada. ¿Recuerdas?

-¿Qué?

-Así mismo, nunca te voy a prometer nada... Para no desilusionarte. Solo cumpliré con lo que acordamos... ¿Te parece bien?

-Uff pues claro. Ahora recuerdo de ti haberlo escuchado.

Se despiden de la forma habitual, entrando a su casa con la esperanza en sus ojos de algo tan bonito que no puede ser descrito. Pero al cerrar la puerta una nueva línea escribiría la siguiente oración en su alma...

Una voz con matices melancólico escriben en el fondo de su corazón la siguiente funesta conversación:

-Hasta que por fin llegas.
-¡Esteban! ¿Qué carajos haces aquí? ¿Cómo entraste, qué quieres?
-ja ja ja. (Risa sarcástica)
-Toma asiento (Le ordena)
-No quiero
-Con voz enérgica y autoritaria Esteban dice: ¡Qué te sientes carajo!

La chica temblorosa y con el corazón bombeando más sangre que lo habitual toma asiento, trata de calmarse e ir conversando para calmar a Esteban.

-Ella respira profundo y logra decir: Respóndeme lo que te pregunté
-Entré con la copia de las llaves que dejas bajo la mesa de la mata que está ahí, nadie me lo dijo solo te vi cuando lo hacías.... ¿Cuándo? no preguntes...
-Ok ¿Y qué quieres aquí, por qué rayos viniste?
-Sabes muy bien lo que quiero o más bien a quién quiero
-¡Solo fue un error lo nuestro! (La chica dice)

En ese instante Esteban se levantó de la silla y con toda su fuerza golpeó la mesa que estaba al lado de él...

-¡Cállate insensata e indolente!

-¿Qué? ¿Por qué me dices eso, a que te refieres?... (la chica cuestiona)

-¿A qué me refiero? Sabes muy bien que te amo, me usas y me tiras a la cuneta

-¡Que me amas!... No seas niño, pórtate como adulto solo fue una ligera atracción. Con cualquier otra mujer, habrías sentido lo mismo...Yo no te puedo corresponder entiéndelo de una vez... Yo estoy comprometida, de ti no quiero nada más que tu amistad.

Los ojos de Esteban se prenden como fuego, con un matiz muy desconocido por la chica y como lava de volcán por su boca suelta las palabras que marcaron el final de una inesperada historia:

-¡Si no estás conmigo... no estarás con nadie!

Dichas esas palabras pasa al lado de la chica con mirada fulminante, cierra la puerta de un solo portazo y va resoplando con angustia desesperada.

La chica inmóvil en su asiento no sabe qué hacer, no sabe cómo reaccionar hasta que ciertas lágrimas se desbordan por sus mejillas. De una forma u otra ella siente el dolor de Esteban. Toma el teléfono pero no se atreve a llamar a Dreylin. Así que decide marcar a Nipsela, le comenta que si no es molestia se reúnan para hablar algo que le atormenta. Ellas acuerdan una cita, deciden verse al otro día después que la muchacha salga del trabajo.

Se desviste, toma una ducha, va con dolor desesperante en la cabeza a tratar de conciliar el sueño...En ese momento el teléfono timbra, la chica mira en la pantalla de su móvil que es su amado Dreylin, respira profundo toma la llamada de lo más natural y se sumergen en una conversación trivial. Ella con el pretexto que le duele la cabeza y que mañana se juntarán a hablar después del trabajo pero que antes tiene que reunirse con alguien. No le hace saber con quién se reunirá así que con cariño y con la promesa de que mañana le dirá todo lo relacionado a su vida, se despiden y se desean buenas noches.

Capítulo - 7 -

Un nuevo día cargado de compromisos para la joven se abre paso esa mañana, con las fuerzas quebrantadas se dirige a su trabajo. De camino siente un leve mareo pero por la tensión del día anterior no le da mucha importancia. Ya estando en su puesto de trabajo, pasadas varias horas y no nota la presencia de Esteban, decide comunicarse con su amiga Teresa, la cual le dice que no fue hoy a trabajar que llamó para decir que se encontraba enfermo. Respira al saber que no vería a Esteban y que tendrá un día tranquilo en el trabajo a pesar de todo.

El desempeño de la muchacha hasta su hora de almuerzo se realiza con normalidad. Come un poco al no sentir buen apetito y al tomar su descanso decide llamar a Dreylin para saludarlo y cuadrar lo de su cita más tarde.

-Hola mi princesa, buen provecho.

-Hola mi corazón, gracias. Igual para ti

-¿Qué tal tu día? (Dreylin pregunta)

-Mucho trabajo pero el pensar en ti lo hace mucho más liviano

- Jajaja, sólo Dios hace nuestras cargas menos pesadas.

-¡Amén! Por cierto, ayer me dejaste con una duda sobre eso. ¿No hay problema si te pregunto al respecto?

-Mmm pero se supone que la que tiene que hablar hoy es usted

- Sí, lo sé. Pero eso será cuándo nos juntemos

-¡Perfecto! Siendo así, pues pregunte lo que quiera... Soy un libro abierto justamente en la página central.

-Pues, me llama la atención que tú habiendo sido monaguillo no llegaste a buscar de Dios en otros ámbitos... Es decir, quizás ¿Por qué no probaste en otra religión?

-Con toda sinceridad, luego de estar sumergido en la cristiandad me di cuenta de los intereses que ciertas personas buscan a través de la religión y que a veces no son los de adentro o los de afuera que están a salvo sino simplemente los que son obedientes a sus leyes. El mundo no deja su trayectoria porque yo sea o deje de ser cristiano, más bien, el ser humano en sí está llamado a realizar el bien pero malinterpretamos quizás a nuestras conveniencias lo que le gustan o no le gustan a las personas. Tratamos de satisfacerla cuando nuestro norte debe ser satisfacer a Dios y no las cosas terrenales.

-Entiendo ¿Pero no dice en la palabra que debemos congregarnos?

-Sí, es cierto lo dice pero como te dije no es una religión lo que nos va a salvar sino simplemente la relación y guardar sus mandamientos. No descarto que tal vez en un futuro no muy lejano y con la persona correcta pueda volver a servir de corazón a mi Señor pero te puedo asegurar que siempre hago mis decisiones contando con su voluntad. Hago donaciones y sirvo en lo que puedo al necesitado,

aunque sé que no es por obra. Independientemente de lo que otros piensen estamos llamados a servir.

-Te comprendo más de lo que te imaginas y gracias por hablar tan claro, de verdad te lo agradezco.

-Mi princesa es un placer siempre hablar contigo cualquier tema.

-Bien. Pues nada mi amor no te quito más tiempo para que ahorita me puedas preguntar todo lo que de mí quieras saber.... ¿Te parece bien?

-Sí, debemos volver al trabajo así que mi reina muchos besos desde aquí y nos juntamos ahorita...Déjame ir anotando las preguntas que te haré.

-Jajajaja ¿Son tantas?

-Suficientes para conocerte.

-Qué intrigante suena eso... besos mi corazón.

-Besos.

La conversación finaliza y ella siente otro leve mareo pero esta vez con náuseas, camina hacia el baño y estando ahí vomita lo poco que se había comido. Vuelve a su puesto de trabajo, suena el teléfono y toma el auricular de su extensión, al contestar del otro lado la voz del gerente del banco quién le dice que se presente en su oficina, tan pronto pueda. Rápidamente le contesta que en un momento estará allá

Toca la puerta con un poco de temor y el gerente le dice que pase, se siente y cierre la puerta para estar a solas. Obedece y el gerente después de saludarla pasa a realizar preguntas rutinarias: ¿Cómo le está yendo en el puesto? ¿Qué tal se ha sentido con los compañeros? ¿Cuáles han sido los pros y los contras? Etc.

Aún sin entender nada responde todo sus cuestionamientos y sigue con el interrogatorio hasta que llega a la pregunta que da inicio a la verdadera conversación. El gerente dice: En fin, la razón por la cual la llamé a mi oficina es la siguiente: Disculpa el atrevimiento de hablarte tan sincero y claro ¿Pero no te molestaría que te pregunte algo?

-Ella con miedo a la pregunta responde: No, arrastrando los dientes y con la cabeza repleta de ideas chocándole. "Que no sea para enamorarme ni para algo malo".
-El gerente a su respuesta dice lo siguiente: Gracias por tu amabilidad y aprecio mucho tu sinceridad, espero que todo lo hablado aquí quede entre nosotros. ¿Bien?
- Aún más temblorosa, responde: Sí
-¡Perfecto! dice el gerente. Pues bien, sucede lo siguiente, como sabes soy una persona casada con dos hijos, ya más de siete años...Pero resulta que la relación se ha vuelto un poco tímida. Ya no siento lo mismo que antes, sé que es algo quizás normal por la rutina y eso. Pero últimamente estoy que llego a la casa, ceno y me acuesto, ya no hay intimidad en la casa. Ya no hablamos como de costumbre y todo se ha vuelto en obligaciones. Sospecho que ella me está engañando con alguien, el otro día cuando yo estaba llegando a la casa vi como rápidamente colgaba el teléfono. Cuando entré solo me dijo que era un número equivocado. Yo me he hecho la idea de que tal vez lo mejor es la separación. ¿Qué crees?
-Inmóvil todavía, no ve el porqué de un momento a otro esta confianza hacia ella pero sigue con la conversación y le dice: Pienso sinceramente que si una relación alguna vez funcionó y después que hay hijos de por medio lo mejor es tratar de restaurarla, buscar esa chispa que mantenía la hoguera encendida. Si usted ama a su esposa y ella lo ama, lo mejor es encontrar una posible reconciliación,

sentarse en la mesa del diálogo y ventilar lo que está sucediendo.

-¡Gracias por tus palabras! Pero hay algo más.... A raíz de dicho enfriamiento yo he puesto mis ojos en alguien que en verdad no debía. Pero accidentalmente la conocí y poco a poco me fui encariñando con ella, no hace poco que la conozco, solo he tratado cosas rutinarias pero su forma de ser me ha llamado la atención y es la razón principal del porqué te he llamado, ya que esa persona es parte de esta institución.

Con un nudo en la garganta e imaginándose que podría ser ella... no quiere ni seguir escuchando pero él no se detiene, sigue revelando sus intenciones. Esta maravillosa mujer no es de mi posición jerárquica es de una inferior, por lo que se me hace difícil acercarme a hablarle y la verdad que de ella no sé absolutamente nada. Solo lo profesional y me gustaría conocer un poco más de ella pero con la condición de que no sepa nada. Es por eso que te he llamado a mi oficina, la persona que me encanta y no la puedo sacar de mi cabeza es. Tú, amiga Elizabeth. "Cuándo pronunció la palabra: Tú, el corazón de la chica se detuvo en espacio y tiempo pero al escuchar el final de la oración un profundo respiro en su alma le volvió los latidos de su corazón"

Es por eso que solicito encarecidamente tu ayuda ya que sé que son muy buenas amigas y aunque no sé a dónde va mi matrimonio. Pero si por lo menos con ella pudiera tener esperanza, quizás mi vida no sería tan tortuosa como ahora.

-La joven rápidamente le dice que no hay problema, le va a investigar todo lo relacionado con Elizabeth, cuando tenga todos los pormenores incluyendo si hay alguien en su vida se lo hará saber. Y que todo quedaría en total silencio entre ellos dos.

Terminan la conversación con su previo acuerdo, sale de la oficina con los nervios de puntas, con dolor en la boca del estómago, se dirige otra vez al baño y vuelve a vomitar pero esta vez le echa la culpa a los nervios vivido en la oficina del gerente. Vuelve a su puesto de trabajo y llama a Nipsela para recordarle la reunión después de su trabajo, ella le confirma que solo espera la hora para reunirse. Cuelga el teléfono y le escribe a Dreylin un mensaje de texto para recordarle lo que habían cuadrado, reunirse después de ella contactar con alguien, miente porque no quiere decir que se va a reunir con Nipsela. Dreylin le responde que no hay ningún problema que la espera con ansias para preguntarle todo de su vida. Ella le escribe que así será.

Rápidamente atiende a los clientes que le esperaban con la encomienda de pasar por el puesto de trabajo de Elizabeth para de esta manera tratar de sacarle la información que el gerente le había solicitado. Al finalizar su jornada y en la hora que es utilizada para el cuadre en las cajas, pasa por el puesto de Elizabeth. Entablan una conversación trivial y rápidamente sabe de la vida de su amiga, entre los detalles más importantes a relucir es que está separada, estuvo casada y de dicha relación tiene dos hijos, el padre de estos se casó con otra persona. Por ahora solo tiene pretendientes pero ninguno que valga la pena. Elizabeth, en ese momento de confianza trató de saber más de su amiga pero ella prometió que sería en otra ocasión ya que tenía que salir a reunirse con alguien, no refiriéndose a quién ni el motivo. En fin, la muchacha se despide diciéndole que deberán reunirse fuera del trabajo para hablar más pausadamente y conocerse un poco más sus vidas familiares. Finaliza la conversación y la joven pasa al tocador, se ve al espejo un poco pálida, se maquilla, toma el móvil le marca a Nipsela y acuerdan el lugar de encontrarse una plaza comercial muy concurrida de nombre: Vianca Mall.

Llama un taxi a la salida del banco y en pocos minutos ella se encuentra camino hacia su destino, en la trayectoria se detiene el taxi a esperar un cambio de luz del semáforo. Mira por la ventana y ve un adolescente que se sumerge en un basurero en busca de algo, mientras en su mano sostiene una botella plástica con cemento utilizado para pegar zapato y usualmente como droga barata en los indigentes. Una extraña sensación en su alma le remuerde por dentro y con poca voz como diciéndose para ella: ¿Qué dirían sus padres?

El taxista mira hacia la dirección donde la muchacha estaba mirando e inmediatamente sabe a qué ella se refiere, atinando a decir: "Quién sabe, a lo mejor son iguales que él y están en la misma". Una extraña sensación la hace replicar y dice: "No necesariamente. En ocasiones los hijos toman decisiones por su cuenta que lo llevan a mundos distintos a los inculcados en casa, ya sea que se lleven de un amigo o un familiar retorcido. Existen historias que nada tienen que ver con sus padres". El taxista asiente con la cabeza en forma afirmativa y llega a decir en ocasiones: "Es cierto, así es".

Terminaron la conversación cuando se acercaban a Vianca Mall. En el corazón de la joven un latir diferente con relación a ver la vida desde otra perspectiva. Llegaron al lugar, el taxista se pone a la orden y le deja su tarjeta personalizada con el número de unidad para cuando necesite no dude en llamarle. Ella asiente, paga el servicio y toma la tarjeta. Se desmonta y camina hacia el centro comercial. Toma el ascensor para subir al tercer piso lugar donde había acordado juntarse con Nipsela, mientras subía siente otro leve mareo por lo que se apoya en la pared del ascensor, respira profundo y espera que se le pase. Se dice para sí misma "desde que llegue tengo que ir a comer algo ya no aguanto más".

Al subir al tercer piso y salir del ascensor, toma su móvil, llama a Nipsela, ésta le responde y levanta su mano para que ella la pueda ver. Logra divisarla y camina hacia ella. Se saludan, se sientan e inmediatamente le da las gracias por venir porque necesitaba hablar con alguien. Comenta que no ha comido bien en el día que si está de acuerdo ella va a comprar algo e irán charlando. Nipsela asiente y al poco tiempo ya están comiendo y desarrollando una leve conversación.

Comienza investigando sobre cómo se conocieron Sebastián y Dreylin. Le elogia la forma de cocinar cuándo estuvo allá, le recordó lo fascinada que quedó con su cena y le pidió que le diera la receta. Nipsela en entera confianza le dice que llamará a Sebastián para qué pase a llevarle un libro que se le quedó en la oficina, es de cocina con el cual he aprendido a realizar platos exquisitos. Se lo prestará pero debe prometerle invitarle a su casa a probar algún plato de esos que aprenda. La joven asiente y fue haciendo preguntas que arrojaran información sobre el pasado de su amado. En un momento de íntima relación de la conversación. Nipsela le dice:

-¡Oh, pero buen apetito el tuyo!
-Cállate que hoy he vomitado en dos ocasiones y he sentido desde esta mañana unos leves mareos.
-No me digas que puede ser lo que estoy pensando.
-No, cómo vas a creer solo es el estrés del día, muy complicado en el trabajo pero gracias a Dios todo ya está resuelto.
-La verdad que no creo... yo tu amiga y me hago una prueba de embarazo aunque sea de esas de farmacia, por si las dudas... ¿Cuándo fue la última vez que tuviste tu menstruación?
-El mes pasado.
-Bueno es mejor prevenir que lamentar

-¿Tú crees que en verdad debería?

-Sí, así lo creo. Es lo mejor.

-Bueno está bien, camino a casa la compro y te llamo para despejar las dudas.

-Bien, eso es. Estaré al pendiente de tu llamada tan pronto llegues a casa...Ahora cuéntame lo de esta sorpresiva reunión.

-Oh claro, ya te explico.

La joven encontró en Nipsela una amiga íntima con la cual podía expresar todo lo acontecido y así fue narrando sin obviar ningún detalle. Le explicó cómo se dieron las cosas entre ella y Dreylin y lo que más le atormentaba, la reacción de Esteban. Profundizó en sus sentimientos sobre lo que sentía y que quizás por torpeza estaría pasando por esa situación.

De su lado, Nipsela le explicaba que los hombres son territoriales cómo los animales, que a veces actúan como niños cuando no pueden tener algo que siempre estuvo ahí, lo ignoran o no prestan atención. En fin, ella le aclara que lo de Esteban era solo una rabieta por no lograr su objetivo, cuándo él se dé cuenta que sólo tienes ojos para Dreylin, le quedará declinar sus intenciones.

Entre cosas rutinarias y reflexiones cómplices se desarrollaba la conversación entre ellas, mientras que una llamada al móvil interrumpe dicha plática. Toma su cartera en las manos abre el interior y mira la pantalla del móvil ve un número desconocido por lo que no presta atención y lo ignora. Sigue conversando con su nueva amiga, de una forma era el refugio necesario para liberar de su conciencia o alma el peso de la decepción que había impregnado Esteban en su ser.

Después de haber finalizado la conversación se despiden. Nipsela le recuerda que va esperar su llamada tan pronto ella llegue para que le informe sobre la prueba que se debe tomar, se comunicará con Sebastián para que pase más tarde por su casa a llevarle el libro de cocina, ésta asiente y con un beso en la mejilla como viejas amigas se despiden y prometen pronto volver a repetir la ocasión.

Capítulo
- 8 -

Antes de marcharse de la plaza entra a la farmacia, compra la prueba de embarazo, pasa por el baño de dama y realiza la prueba prescrita como indica el adjunto, se informa que debe esperar un momento para que arroje los resultados.

Con un poco de nervios y ansiedad mezclada, la chica toma la muestra, la pone en su cartera y decide verla al llegar a la casa. Al salir del centro comercial toma un taxi de los que están estacionado en el parqueo, se dice para ella que no iba a volver a llamar al mismo taxista que la trajo a Vianca Mall porque no tenía deseo de charlar de regreso. Vuelve a sentir un leve mareo por lo que se sube al taxi con cuidado y solo le indica que la lleve a su casa. Piensa en llamar a Dreylin y explicarle que no se ha sentido bien de salud y posponer la cita acordada.

Toma el móvil y visualiza que tiene más de una llamada pérdida de un número desconocido, marca el número de Dreylin en reiteradas ocasiones y la envía al buzón de voz. Cierra el teléfono y entra una llamada de Nipsela, responde tan pronto escucha la voz, ésta le explica que se comunicó con Sebastián para que de regreso a casa pasara por la suya a llevarle el libro. La joven confirma que sí va de camino a su casa, lo esperará en la puerta para que no se tarde mucho. Nipsela, le pide su dirección para hacérsela llegar a Sebastián, ella se la suministra, se despiden y una angustia en su corazón empieza a latir, quizás por no poderse comunicar con su amado Dreylin Mercado.

Se desmonta del taxi, paga su tarifa y agradece el viaje. Mira su móvil el cual sostenía en la mano y no logra ver ninguna llamada pérdida o mensaje de texto, por lo que se dirige a su casa. Mira alrededor todo luce con normalidad pero en su interior algo tormentoso va escalando en su corazón y alma. Es una especie de sombra gris que va permeando los latidos y al mismo tiempo va oscureciendo la luz interna que mantiene las esperanzas, sueños y deseos de los espacios más remotos en todo tu espíritu. Esa mente que amarra con dudas la libertad de los pensamientos hermosos, aquéllos que valientemente nos mantienen a flote sobre las aguas turbulentas que en ocasiones es navegar en la rutina de nuestras vidas.

Parada frente a la puerta de su casa, abre y gira la manecilla a la derecha y suavemente entra al interior de su casa. Su teléfono suena, mira en la pantalla el número de su amado y su corazón late con ritmo acelerado. Al contestar el teléfono una voz inolvidable escribe el final de esta historia de amor y dolor.

-Hola amor (dice, al contestar)

-Amor... ja ja (Risa descarada) ¿Sabrás tú en verdad qué es el amor?

-¿Esteban? ¡Qué haces con ese celular!

En ese instante la cartera de la chica cae y todas sus pertenencias ruedan por el suelo y la puerta de su casa queda entreabierta.

-Ahora si me quieres hablar... déjame decirte que estoy frente a tu querido amor, lo tengo atado, amordazado y solo le queda escuchar con atención todo lo que pasó entre nosotros. Sus ojos incrédulos no me creen. Así que te lo pondré y más vale que le digas que pasó entre nosotros y te crea perfectamente porque le estoy apuntando con una pistola en el pecho y me tiembla la mano con mucha frecuencia.

La chica nerviosa y con un nudo en la garganta le dice a Esteban que las cosas se pueden arreglar, que baje su arma y que ella hará lo que le pida pero que no lastime a Dreylin.

"Esteban, le desata la boca a Dreylin"

-Hola soy yo (Dreylin logra decir al teléfono)
-Amor, solo fue un desliz. Yo te amo con todo mi corazón y toda la culpa es mía quería decírtelo pero me mataba que te pusieras furioso y no comprendieras que mi amor late por ti por encima de cualquier cosa...Solo no quería herirte (entre lágrimas y sollozo termina la oración)
-Ahora sí, sus ojos cambiaron, me ve con rabia, furia y desolación. (Esteban dice al teléfono)

Entiende que debe tratar de convencer a Esteban para que Dreylin pueda salir airoso de esa situación, así que decide persuadir a Esteban de reunirse y hablar a solas, que todo en este mundo se puede resolver.

-Todo lo que se tenía que hablar ya se habló en tu casa. Esto llega hasta hoy y con este estúpido tú nunca serás feliz, yo pensaba darte lo mejor de mí y tú solo lo pisoteaste como pisoteas una pequeña hormiga en el suelo. No hay vuelta atrás ya mi decisión está tomada.

-Pero Esteban, por lo menos por ese momento que estuvimos juntos sobre aquel mosaico con ese violín sobre nuestras almas. Piensa y no cometas una locura.

-¡No hay momento para súplicas! quise darte la oportunidad de resarcir los daños cuando fui a tu casa, en vez de buscar la solución que ahora dices solo te empeñaste en estrujarme en el rostro tu amor por este poco hombre que está frente a mí, retorciéndose por liberarse de unas cuerdas irrompibles.

-Por favor Esteban, piensa en mí (estas palabras salieron en sílaba de su boca, por el ahogo del llanto)

¡Ya lo hice! así que dile adiós a tu amado.......Paf, Paff, Paff.

Tres descargas repetidas suenan en el teléfono y la voz lejana de Esteban diciendo: ¡muere imbécil!

El teléfono cae al suelo, su corazón se resiste a latir y camina lentamente hacia la cocina, toma un cuchillo y se lo pasa por las muñecas, se dirige al cuarto y sobre las sábanas blancas de la cama con su sangre dibuja un corazón, mientras se va desangrando lentamente se desploma sobre el colchón. Se pasa el cuchillo para cortar las arterias de los pies y el proceso de morir sea más rápido, mientras se va nublando su vista y su mente va recordando los momentos de la vida. Paulatinamente va despidiéndose de ésta travesía hasta que sus ojos se cierran y se oscurece la luz del día...

De su lado Sebastián, llega con el libro de receta en la mano y ve la puerta entreabierta, toca con cuidado y va empujando la puerta cuando ve el desorden en el piso, recoge la cartera y va poniendo cada pertenencia de vuelta mientras llama pero nadie contesta. Toma la prueba de embarazo y se cerciora de que tiene dos rayas rojas lo que indica positivo, es decir que quien la hizo está embarazada. Toma la cédula de identidad y ve el nombre completo: Perla Soledad Corona. La palabra Soledad se subraya en su mente. Ve el teléfono en el suelo y nota que la última llamada recibida fue del número de Dreylin, le marca de su celular para hablar con Dreylin, solo suena y al final sale el buzón de voz. Mira alrededor y logra ver en el suelo unas gotas de sangre que conducen al dormitorio, se incorpora rápidamente y a toda prisa corre hacia la habitación. Mira sobre la cama el cuerpo inerte ensangrentado. Temblorosamente toma su celular y logra marca 911

-¿Sistema de emergencia en que le puedo ayudar?
¡Auxilio! Ayúdenme.

Continuará...

BIBLIOGRAFIA

- TU HOMBRE PERFECTO
Artista: Marco Antonio Solís
- Estilo: Latino
- Álbum "La Historia Continua" del año (2003)
- Discografía y Biografía.
https://www.quedeletras.com/letra-tu-hombre-perfecto/marco-antonio-solis/40816.html

- EL LAGO DE LOS CISNES
Chaikovski
1877

El lago de los cisnes (en ruso Лебединое Озеро [Lebedínoye óziero]) es un cuento de hadas-ballet estructurado en cuatro actos, que fue encargado por el Teatro Bolshói en 1875 y se estrenó en 1877. La música fue compuesta por Piotr Ilich Chaikovski; se trata de su op. 20 y es el primero de sus ballets. En la producción original la coreografía fue creada por Julius Reisinger. El libreto se cree que fue escrito por Vladímir Petróvich Béguichev y Vasily Geltser, basándose en el cuento alemán Der geraubte Schleier (El velo robado) de Johann Karl August Musäus.3 (Wikipedia)

- COMO UN BOLERO
Año de lanzamiento: 2017
José Antonio Rodríguez Duvergé

Nació el 20 de julio de 1954 en La Romana, República Dominicana. Hijo de Juan Rodríguez Pepén y Carmela Duvergé. Comenzó sus contactos con la música, formando parte de varios proyectos de renombre en los años 70's: Onda 73, Los Paymasí y el Grupo Módulo. (Enciclopedia Dominicana sos http://enciclopediadominicana.org/Jos%C3%A9_Antonio_Rodr%C3%ADguez

- QUÉ SABE NADIE

Año de lanzamiento: 1981

Miguel Rafael Martos Sánchez,

Más conocido como Raphael2 (Linares, Jaén, España; 5 de mayo de 1943), es un cantante y actor español,345 reconocido por ser uno de los precursores de la balada romántica en España y en los países de habla hispana.

Que sabe nadie: es una expresión castellana con la que, en pocas palabras, se condensa una respuesta con la cual se desea transmitir el parecer contrario al valor o a la verdad de un rumor, o noticia, que se estima de poco o ningún fundamento, sobre la base de la poca entidad de las personas o las malas fuentes de información que han originado la noticia o rumor, de modo tal que el ninguneo del receptor considera que el proferidor es tan ínfimo que no llegar a tener siquiera entidad, que es simplemente nadie.

La expresión Qué sabe nadie es el título de una de las más populares canciones de Raphael, compuesta por Manuel Alejandro. La grabó en 1981 para su álbum En carne viva.

El empleo de este célebre proverbio, o apotegma, de apariencia antitética, es más coloquial, o familiar, que culto o técnico, si bien por su sencilla plasticidad está calando su uso en estratos sociales o profesionales de mayor nivel formativo. (Wikipedia)

Made in the USA
Middletown, DE
26 November 2022

16116364R00064